A CINCO PIES DE TI

Rachael Lippincott con
Mikki Daughtry y Tobias Iaconis

Traducción de Ricard Gil Giner

NUBE **DE TINTA**

Título original: *Five Feet Apart*
Primera edición: abril de 2019

© 2018, CBS Films, Inc.
Publicado por acuerdo con Simon & Schuster Books for Young Readers,
un sello de Simon & Schuster Children's Publishing Division – Todos los derechos reservados

© 2019, Penguin Random House Grupo Editorial, S. A. U.
Travessera de Gràcia, 47-49, 08021, Barcelona
© 2019, de la presente edición en castellano:
Penguin Random House Grupo Editorial USA, LLC.
8950 SW 74th Court, Suite 2010
Miami, FL 33156
© 2019, Ricard Gil Giner, por la traducción

www.megustaleerenespanol.com

ISBN: 978-1-644730-16-4

Impreso en Estados Unidos – *Printed in USA*

Penguin
Random House
Grupo Editorial

Para Alyson
—R. L.

Dedicamos este libro, y la película, a todos los pacientes, familias, personal médico y seres queridos que luchan tan valerosamente y a diario contra la fibrosis quística. Esperamos que la historia de Stella y Will ayude a dar a conocer esta enfermedad y, algún día, a encontrar una cura.

—M. D. y T. I.

1

Stella

Repaso con el dedo el contorno del dibujo que hizo mi hermana: unos pulmones moldeados con un lecho de flores. Los pétalos que salen despedidos desde el borde de los óvalos idénticos muestran suaves tonos rosados, blancos intensos, violetas azulados, pero todos ellos tienen una singularidad, una vitalidad que parece que va a estar siempre en flor. Algunas flores no han florecido todavía, y mi dedo nota la promesa de la vida que está a punto de desplegarse a partir de los pequeños capullos. Éstas son las que más me gustan.

A menudo me pregunto cómo sería tener unos pulmones así de sanos. Así de vivos. Respiro hondo y siento el esfuerzo que el aire hace por entrar y salir de mi cuerpo.

Separo la mano del último pétalo de la última flor, arrastro los dedos sobre el fondo de estrellas, y cada puntito de luz dibujado por Abby es un nuevo intento de captar el infinito. Me aclaro la garganta, retiro la mano y me inclino para retomar de la cama una foto donde salimos las dos. Dos sonrisas idénticas asoman desde debajo de las bufandas gruesas de lana, mientras las luces de Navidad del parque parpadean en lo alto como las estrellas del dibujo.

Fue un momento mágico. El brillo tenue de los faroles del parque, la nieve blanca colgando de las ramas de los árboles, la tranquila quietud de toda la escena. El año pasado casi nos congelamos el trasero para tomarnos esa foto, pero ya era una tradición. Abby y yo, juntas, desafiando el frío para ir a ver las luces de Navidad.

Esta foto siempre me hace recordar esa sensación. La sensación de salir con mi hermana en busca de aventuras, las dos solas, y el mundo ante nosotras como un libro abierto.

Con una tachuela, clavo la foto junto al dibujo y luego me siento encima de la cama. Tomo la libreta de notas y un lápiz del buró y mis ojos repasan la larga lista de asuntos pendientes que escribí esta mañana, cuya primera entrada, convenientemente tachada, es "Núm. 1: Escribir una lista de asuntos pendientes". La última es "Núm. 22: Reflexionar sobre si hay vida después de la muerte".

Es posible que este número 22 sea demasiado ambicioso para un viernes por la tarde, pero de momento ya puedo tachar el asunto número 17: "Decorar las paredes". He dedicado la mayor parte del día a hacerme mía esta habitación, antes desnuda y que ahora tiene las paredes llenas de dibujos de Abby, los que me ha ido regalando a lo largo de los años, pedazos de color y de vida que estallan desde las paredes blancas de clínica, cada uno de ellos producto de un viaje distinto al hospital.

En uno de los dibujos aparezco con una aguja intravenosa en el brazo, y de la bolsa salen mariposas de distintas formas, colores y tamaños. En otro llevo un catéter en la nariz, y el cable retorcido dibuja un signo de infinito. En el siguiente estoy usando el nebulizador, y el vapor que sale forma un halo nebuloso. Y por último está el más delicado de todos, un tornado de estrellas difuminado que dibujó la primera vez que vine.

No es tan refinado como sus obras posteriores, pero por alguna razón eso hace que me guste todavía más.

Y justo debajo de toda esta explosión de vitalidad se encuentra… mi abundante equipo médico, que descansa junto a la horrorosa silla de color verde y cuero falso que decora todas y cada una de las habitaciones del hospital Saint Grace. Observo con aprensión el palo vacío de la vía intravenosa, sé que la primera de las muchas tandas de antibióticos que me esperan este mes llegará exactamente dentro de una hora y nueve minutos. Soy una chica con suerte.

—¡Es aquí! —exclama una voz desde el exterior de la habitación. Alzo la vista en el momento en que la puerta se abre lentamente y dos rostros familiares asoman por la pequeña rendija. Camila y Mya me han visitado un millón de veces en la última década, pero siguen siendo incapaces de ir del vestíbulo del hospital a mi habitación sin pedir indicaciones a cada persona que se encuentran por el camino.

—Se equivocan de habitación —bromeo, y sonrío al ver la expresión de puro alivio que las invade.

Mya se ríe, y empuja la puerta hasta abrirla toda.

—No me extrañaría. Este sitio sigue siendo un maldito laberinto.

—¿Están ilusionadas? —pregunto, saltando de la cama para abrazarlas.

Camila se separa un poco para mirarme, hace una mueca y ondea su melena castaño oscura.

—Será el segundo viaje seguido que hacemos sin ti.

Así es. No es la primera vez que la fibrosis quística me impide participar en una excursión, unas vacaciones soleadas o un acontecimiento escolar. Alrededor de 70 por ciento del tiempo vivo con bastante normalidad. Voy a la escuela, salgo con Camila y Mya, trabajo en mi aplicación. La única diferencia es que mis pulmones no funcionan bien. El 30 por ciento restante, en cambio, la FQ controla mi vida. Cada vez que me veo obligada a volver al hospital para una afinación, me pierdo cosas como una excursión al museo o, en este caso, el viaje de último año a Los Cabos.

Esta afinación en concreto se debe al hecho de que necesito antibióticos para deshacerme de unas anginas y una fiebre que se niegan a desaparecer.

Eso, y que mi función pulmonar se está desplomando.

Mya se tumba sobre la cama y suspira dramáticamente.

—Sólo son dos semanas. ¿Segura que no puedes venir? ¡Es el viaje de último año, Stella!

—Segura —digo con firmeza, y ellas saben que hablo en serio. Somos amigas desde secundaria, y ya aprendieron que, cuando se trata de hacer planes, la FQ tiene la última palabra.

No es que no quiera ir. Es que, literalmente, se trata de un asunto de vida o muerte. No puedo ir a Los Cabos, ni a ningún otro lugar, con el riesgo de no regresar. No puedo hacerles eso a mis papás. Ahora no.

—¡Pero este año fuiste jefa del comité de planificación! ¿No puedes pedir que retrasen el tratamiento? No queremos que te quedes aquí metida —dice Camila, señalando con un gesto la habitación de hospital que he decorado con tanto esmero.

Sacudo la cabeza.

—¡Todavía nos queda la Semana Santa! ¡Y no me pierdo un "fin de semana de chicas" en primavera desde que íbamos en segundo, cuando me dio gripa!

Sonrío con optimismo y miro alternativamente a Camila y a Mya. Ninguna de las dos me devuelve la sonrisa, y ambas optan por seguir haciéndome sentir como si hubiera asesinado a sus mascotas.

Veo que ambas llevan las bolsas de trajes de baño que les pedí que trajeran, y le quito la suya a Camila en un intento desesperado por cambiar de tema.

—¡Viva, opciones de traje! ¡Tenemos que elegir los mejores!

Ya que no voy a tostarme al cálido sol de Los Cabos con un traje de baño de mi elección, por lo menos lo viviré indirectamente a través de mis amigas ayudando a elegir los suyos.

Esto las anima un poco. Vaciamos con ilusión las bolsas sobre la cama, creando un popurrí de motivos florales, lunares y fluorescentes.

Observo el montón de trajes de baño de Camila, y separo uno que queda a medio camino entre un calzón de bikini y una única pieza de hilo, que sin duda heredó de su hermana mayor, Megan.

Se lo tiro.

—Éste. Es muy propio de ti.

Se le agrandan los ojos y sostiene la pieza en la cintura, mientras se sujeta los lentes de armazón de alambre con la otra mano, sorprendida.

—Pero las marcas del bronceado se notarían mucho…

—Camila —digo, agarrando un bikini a rayas azules y blancas que estoy segura que le quedará como un guante—. Era broma. Éste es perfecto.

Aliviada, me arrebata el bikini. Dirijo mi atención a la pila de Mya, pero ella está escribiendo mensajes desde la silla verde del rincón, con una gran sonrisa estampada en la cara.

Saco un traje de cuerpo entero que guarda desde la clase de natación de sexto año, y se lo enseño con una sonrisa de superioridad.

—¿Qué te parece éste, Mya?

—¡Me encanta! ¡Es genial! —responde ella, escribiendo frenéticamente.

Camila resopla, vuelve a meter sus trajes de baño en la bolsa y me dirige una sonrisa astuta.

—Mason y Brooke terminaron —dice, como explicación.

—Dios mío. ¡No puede ser! —exclamo. Es un notición. Una gran noticia.

Bueno, no para Brooke. Pero Mya está enamorada de Mason desde que iba a clase de Inglés en segundo con la profesora Wilson, por lo que este viaje va a ser su oportunidad para pasar por fin a la acción.

Me choca no poder estar allí para ayudarle a trazar un plan de diez pasos titulado *Romance turbulento en Los Cabos*.

Mya deja el teléfono y se encoge de hombros, se levanta y finge contemplar algunos de los dibujos de las paredes.

—No es para tanto. Quedamos de vernos con él y con Taylor en el aeropuerto mañana por la mañana.

Le lanzo una mirada y ella me devuelve una enorme sonrisa.

—¡Entonces sí es para tanto!

Las tres nos ponemos a gritar de emoción, y yo le muestro un adorable traje de cuerpo entero de puntos que es súper *vintage* y totalmente de su estilo. Ella asiente, me lo quita y lo sostiene frente a su cuerpo.

—Esperaba, literal, que eligieras éste.

Veo que Camila mira nerviosa su reloj, cosa que no me sorprende. Es la reina de dejar las cosas para el último momento y probablemente todavía no ha preparado nada para el viaje a Los Cabos.

Aparte del bikini, claro.

Al ver que me di cuenta de que consultaba el reloj, sonríe como un cordero degollado.

—Todavía tengo que comprar una toalla de playa para mañana.

Típico de Camila.

Me levanto, triste ante la idea de que se vayan, pero no quiero retenerlas.

—¡Entonces se tienen que ir ya! Su avión sale al amanecer.

Mya mira con tristeza a su alrededor mientras Camila, afligida, se enrolla en la mano la bolsa de los trajes de baño. Ambas consiguieron que este momento sea todavía más difícil de lo que yo pensaba. Me trago la culpa y el enojo que burbujean en mi interior. No son ellas las que se van a perder el viaje a Los Cabos. Y además estarán juntas.

Sonrío y prácticamente las empujo hacia la puerta. Me duelen las mejillas de tanta positividad forzada, pero no quiero arruinarles la fiesta.

—Te mandaremos un montón de fotos, ¿sí? —dice Camila, despidiéndose con un abrazo.

—¡Eso espero! Méteme en algunas con el Photoshop —le digo a Mya, que es un as con el Adobe—. ¡Ni se darán cuenta de que no estoy ahí!

Se entretienen en el umbral, y yo pongo los ojos en blanco de manera exagerada, empujándolas en broma hacia el pasillo.

—Fuera de aquí. Que la pasen genial en el viaje.

—¡Te queremos, Stella! —gritan mientras se alejan por el pasillo. Las veo irse, y las despido con la mano hasta que los rizos ondulados de Mya quedan completamente fuera de mi campo de visión, y de pronto no deseo otra cosa que irme con ellas a empacar en vez de desempacar.

Mi sonrisa se desvanece cuando cierro la puerta y veo la vieja foto de familia enganchada al dorso de la puerta.

Fue tomada hace varios veranos en el porche delantero de nuestra casa durante una carne asada del 4 de julio. Abby, mamá, papá y yo con unas grandes sonrisas bobas cuando la cámara capta el momento. La añoranza va en aumento al recordar el sonido de la madera gastada de aquel escalón, que rechinaba a nuestros pies mientras reíamos y nos apretujábamos para la foto. Extraño esa sensación. Juntos, felices y sanos. O casi.

Esto no me está ayudando. Suspiro, me alejo y observo el carrito de las medicinas.

Sinceramente, me gusta estar aquí. Es mi segunda casa desde que tenía seis años, de modo que por lo general no me importa venir. Sigo los tratamientos, tomo mis medicinas, bebo tantos licuados como kilos peso, paso el rato con Barb y con Julie, me voy a casa hasta el siguiente episodio. Así de sencillo. Pero esta vez estoy ansiosa, inquieta. Esta vez no es que quiera sentirme bien, sino que lo necesito. Por mis papás.

Con el divorcio lo echaron todo a perder. Y después de perderse el uno al otro, sé que no podrían soportar perderme también a mí.

Tal vez, si me recuperara…

Tengo que ir paso a paso. Me acerco al aparato del oxígeno, compruebo que el medidor de flujo está bien colocado, y escucho el silbido firme del oxígeno saliendo del aparato antes de colocarme el tubo alrededor de las orejas y deslizar las puntas del catéter en mi nariz. Con un suspiro, me sumerjo en la conocida incomodidad del colchón del hospital, y respiro con fuerza.

Alcanzo la libreta para leer la siguiente tarea de mi lista de asuntos pendientes, para mantenerme ocupada. "Núm. 18: Grabar un video."

Tomo el lápiz y lo muerdo pensativa mientras estudio las palabras que yo misma escribí. Es extraño, pero reflexionar sobre la vida después de la muerte me parece mucho más fácil en este momento.

Pero como la lista es la lista, suelto el aire y alargo el brazo hacia el buró para alcanzar la computadora, y me siento con las piernas cruzadas sobre el nuevo edredón floreado que compré ayer en Target mientras Camila y Mya compraban ropa para llevar a Los Cabos. No necesitaba ningún edredón, pero se mostraron tan entusiastas en ayudarme a elegir algo para mi excursión al hospital, que me sentí mal de no llevármelo. Por lo menos ahora combina con las paredes, brillantes, intensas y llenas de color.

Ansiosa, tamborileo el teclado con los dedos, y entorno los ojos al ver mi reflejo en la pantalla mientras se prende la computadora. Frunzo el ceño al verme el pelo largo y despeinado e intento alisarlo, pasando los dedos una y otra vez entre los mechones. Frustrada, me quito de la muñeca la liga para el pelo e improviso un chongo mal hecho en un intento de estar medio decente para el video. Extraigo la copia de *Codificación Java para teléfonos Android* del buró y coloco la computadora encima, para que no se me vea demasiado la papada y lograr una toma remotamente favorecedora.

Entro en mi cuenta de YouTube, ajusto la *webcam* y me aseguro de que se ve el dibujo de Abby, el de los pulmones, a mis espaldas.

Es un fondo perfecto.

Cierro los ojos y respiro hondo, oigo el silbido familiar de mis pulmones al llenarse de aire con dificultad a través del mar de mucosidades. Exhalando lentamente, me abofeteo la cara con una tarjeta de felicitación de Hallmark y abro por fin los ojos. Tecleo "intro" para transmitir en directo.

—Hola, amigos. ¿Cómo va el Black Friday? ¡Esperaba que nevara, pero no hay manera!

Volteo la cámara hacia la ventana del hospital, hacia el cielo gris y nublado, hacia los árboles desnudos, al otro lado del cristal. Sonrío al ver que el contador supera por mucho los 1K, una fracción de los 29 940 suscriptores de YouTube que se conectan para ver cómo libro mi batalla contra la fibrosis quística.

—Verán, ahora mismo podría estar a punto de subir a un avión rumbo a Los Cabos para el viaje escolar de graduación, pero en vez de eso pasaré las vacaciones en ésta, mi segunda casa, gracias a unas ligeras anginas.

Además de una fiebre aguda. Pienso en el momento en que me tomaron la temperatura al ingresar esta mañana, cuando los números intermitentes del termómetro alcanzaron unos preocupantes 39 grados. No quiero mencionarlo en el video, porque sé que mis papás van a verlo más tarde.

Ellos creen que sólo es un resfriado.

—¿Quién quiere dos semanas enteras de sol, playas y cielos azules cuando puedes tener un mes a todo lujo en tu propio jardín?

Recito la lista de servicios y los cuento con los dedos.

—Veamos. Dispongo de conserje de tiempo completo, pudín de chocolate ilimitado y servicio de lavandería. ¡Ah, y esta vez Barb convenció a la doctora Hamid para que me deje guardar todas las medicinas y tratamientos en mi habitación! ¡Miren!

Giro la *webcam* hacia el material médico y el carrito de medicinas que tengo a mi lado y que acomodé perfectamente por orden alfabético y cronológico a partir del horario de dosificación que adjunté a la aplicación que creé. ¡Por fin está lista para el periodo de prueba!

Era el número 14 en mi lista de asuntos pendientes, y estoy bastante orgullosa de cómo quedó.

Mi computadora suena con los comentarios que van llegando. Uno de ellos menciona a Barb junto a unos emoticonos de corazón. No sólo es mi favorita, sino la de todos. Desde la primera vez que vine al hospital, hace diez años, es la terapeuta respiratoria de St. Grace, y nunca ha dejado de ayudarme, a mí y al resto de pacientes de FQ, como mi cómplice Poe. Siempre está a nuestro lado cuando tenemos los ataques de dolor más intensos.

Desde hace mucho tiempo hago videos de YouTube para dar a conocer la fibrosis quística. Con el paso de los años, mucha más gente de la que hubiera imaginado ha seguido mis operaciones y mis tratamientos y mis visitas a Saint

Grace, y no han dejado de seguirme ni siquiera en la fase en que llevé unos horribles aparatos para los dientes.

—Mi función pulmonar ha bajado a un treinta y cinco por ciento —continúo, girando la cámara de nuevo hacia mí—. La doctora Hamid dice que estoy escalando firmemente a los primeros puestos de la lista de trasplantes, de modo que voy a pasar un mes aquí, tomando antibióticos, siguiendo el régimen…

Miro el dibujo que tengo detrás, los pulmones sanos que se ciernen sobre mí, fuera de mi alcance.

Niego con la cabeza y sonrío, y me inclino para tomar un frasco del carrito de las medicinas.

—Eso implica tomarme las medicinas a mi hora, ponerme el chaleco Afflo para desintegrar los mocos y… —alzo el frasco— tomar cada noche una gran cantidad de este líquido nutritivo a través de la sonda. Si hay alguna chica deseosa de poder engullir cinco mil calorías al día y seguir teniendo un cuerpo digno de lucir en Los Cabos, estoy dispuesta a hacer un intercambio.

La computadora no para de sonar, los mensajes llegan uno tras otro. Leo unos cuantos y dejo que la positividad ahuyente toda la negatividad que sentí al meterme en esto.

¡Resiste, Stella! Te queremos.

¡Cásate conmigo!

—¡Los pulmones nuevos pueden llegar en cualquier momento, tengo que estar preparada!

Lo digo como si lo creyera de todo corazón. Aunque después de tantos años he aprendido a no hacerme ilusiones.

¡DING! Otro mensaje.

Tengo FQ y tú me recuerdas que debo ser siempre positivo. XOXO.

Siento una oleada de calor en el corazón, y dedico una última sonrisa a la cámara, a esa persona que libra la misma lucha que yo. Esta vez, la sonrisa es de verdad.

—¡Bueno, amigos, gracias por verme! Ahora tengo que comprobar la medicina de la tarde y de la noche. Ya saben lo analítica que soy. Espero que todo el mundo pase una semana estupenda. ¡Adiós!

Cancelo el video en directo y dejo ir el aire, cierro el navegador y observo las caras sonrientes e invernales que me saludan desde el fondo del escritorio. Camila, Mya y yo, tomadas del brazo, todas con el mismo lápiz de labios rojo intenso que elegimos juntas en Sephora. Camila quería un rosa brillante, pero Mya nos convenció de que el rojo era el color que NECESITÁBAMOS en nuestra vida. Todavía no estoy segura de que sea verdad.

Me tumbo de espaldas, tomo el panda gastado que descansa sobre la almohada y lo abrazo con fuerza. Remiendos, lo bautizó mi hermana Abby. Y qué nombre tan adecuado ha resultado ser. Tantos años entrando y saliendo del hospital conmigo le han pasado factura. Tiene algunos parches multicolores cosidos a los puntos que se abrieron y por donde salió el relleno de tanto abrazarlo durante los tratamientos más dolorosos.

Tocan a la puerta, y apenas un segundo más tarde irrumpe Barb, cargada con una brazada de tazas de pudín que me ayudarán a tomar la medicina.

—¡Aquí estoy! ¡La mensajería!

Por lo que respecta a Barb, muy poco ha cambiado en los últimos seis meses, o incluso en los últimos diez años; sigue siendo la mejor. El mismo pelo corto y rizado. Los mismos uniformes de colores. La misma sonrisa que ilumina toda la habitación.

Pero entonces aparece Julie, extremadamente embarazada, empujando un goteo intravenoso.

Ése sí que es un gran cambio respecto a hace seis meses.

Reprimo mi sorpresa y sonrío a Barb cuando ella deja el pudín al borde de la cama para que yo ordene el carrito de las medicinas. Luego saca una lista para comprobar que el carro tiene todo lo que necesito.

—¿Qué haría yo sin ti? —pregunto.

Ella parpadea.

—Morirte.

Julie cuelga la bolsa intravenosa de antibióticos junto a la cama, y su barriga me roza el brazo. ¿Por qué no me dijo que estaba embarazada? Me pongo rígida, sonrío levemente ante la presencia de su panza e intento apartarme sutilmente.

—¡Han cambiado muchas cosas en estos seis meses!

Ella se frota el vientre, y sus ojos azules relucen al sonreírme.

—¿Quieres sentir cómo patea?

—No —respondo, un poco demasiado deprisa. Ella parece algo cohibida ante mi franqueza y me siento mal. Sorprendida, arquea las cejas rubias. Pero lo que no quiero es que ese bebé perfecto y sano se contagie de mi mal karma.

Por suerte, el fondo de escritorio de mi computadora llama su atención.

—¿Ésas son las fotos de la fiesta de la escuela? ¡Vi algunas en el Insta! —dice, emocionada—. ¿Cómo estuvo?

—¡Súper divertida! —respondo con una tonelada de entusiasmo que desvanece la incomodidad de antes. Abro una carpeta llena de fotos—. Estuve bailando como loca durante tres canciones seguidas. Fuimos en limusina. La comida no era una mierda. Además, aguanté sin cansarme hasta las diez y media, ¡mucho más de lo que esperaba! ¿Quién necesita un toque de queda cuando el cuerpo decide por ti?

Les enseño las fotos que nos tomamos en casa de Mya antes de ir al baile, mientras Julie me conecta el intravenoso y comprueba la presión sanguínea y la lectura del oxígeno. Recuerdo el miedo que solían darme las agujas, pero con cada extracción de sangre y cada goteo intravenoso, ese miedo fue desapareciendo paulatinamente. Ahora ni siquiera parpadeo. Cada vez que me pican o me agujerean me siento más fuerte. Como si fuera capaz de vencerlo todo.

—Muy bien —dice Barb. Ya tienen mis signos vitales y han dejado de soltar exclamaciones y comentarios sobre el vestido acampanado y plateado y el ramillete de rosas blancas que llevaba. Camila, Mya y yo decidimos intercambiar los ramilletes porque fuimos al baile sin acompañante. Yo no quería llevar pareja, y tampoco me lo había pedido nadie. Era súper posible que tuviera que cancelar el día antes, o que no me sintiera bien a media fiesta, cosa que no hubiera sido justa para mi posible acompañante. Para no hacerme sentir excluida, en vez de llevar parejas, ellas decidieron que iríamos todas juntas. Tras lo que sucedió últimamente con Mason, no es probable que esto se repita en el baile de graduación.

Al ver el carrito de medicinas ya ordenado, Barb asiente y se pone la mano sobre la cadera.

—Seguiré monitorizándote, pero ya estás lista —alza un frasco de pastillas—. Recuerda que éstas debes tomarlas con la comida —devuelve cuidadosamente el frasco a su sitio y saca otro—. Y no te olvides de…

—Ya entendí, Barb —le interrumpo. Sigue tan maternal como siempre, pero por fin se rinde y levanta las manos. En el fondo sabe que lo haré perfectamente.

Las despido con la mano cuando ambas se dirigen a la puerta, y uso el control remoto de la cama para incorporarme un poco.

—Por cierto —dice Barb con lentitud mientras Julie sale de la habitación. Con los ojos entrecerrados, me dirige una amable mirada de advertencia—. Primero tienes que terminar el goteo intravenoso, pero te comunico que Poe acaba de ingresar en la habitación 310.

—¿Qué? ¿En serio? —exclamo, y enseguida me activo para salir de la cama e ir a buscarlo. ¿Cómo es posible que no me haya avisado?

Barb avanza hacia mí, me agarra por los hombros y me empuja suavemente hacia la cama, sin darme tiempo a levantarme.

—¿Qué parte de "primero tienes que terminar el goteo intravenoso" no entendiste?

Sonrío avergonzada, pero esta reacción es inevitable. Poe fue el primer amigo que hice en el hospital. El único que me entiende de verdad. Llevamos una maldita década luchando juntos contra la FQ. Bueno, juntos pero a una distancia prudente. No podemos acercarnos mucho. Para los pacientes de fibrosis quística, la infección a partir de ciertas bacterias representa un riesgo enorme. Un roce entre dos enfermos puede matarlos literalmente a los dos.

El ceño fruncido da paso a una sonrisa amable.

—Instálate. Relájate. Tómate una pastilla para tranquilizarte —señala el carrito de las medicinas, en broma—. No lo digo en sentido literal.

Asiento y dejo escapar una carcajada sincera, porque la noticia de que Poe esté también aquí es como una oleada de alivio.

—Luego pasaré a ayudarte con el chaleco Afflo —dice Barb y sale de la habitación. Tomo el teléfono y me conformo con un rápido mensaje de texto, en vez de lanzarme como una loca por el pasillo en dirección a la habitación 310.

¿Estás aquí? Yo también. Estamos en contacto.

No pasa ni un segundo y la pantalla del celular se ilumina con su respuesta: Bronquitis. Muy reciente. Pasa después a saludarme. Ahora me voy a dormir.

Me acuesto sobre la cama, suelto el aire larga y lentamente.

Lo cierto es que este ingreso me puso nerviosa.

Mi función pulmonar bajó de pronto a 35 por ciento. Lo que más me choca, más todavía que la fiebre y las anginas, es estar metida en el hospital recibiendo tratamientos para contener el temporal mientras mis amigas se van de viaje. Me choca mucho. Treinta y cinco por ciento es una cifra que no deja dormir a mi mamá por las noches. Ella no lo cuenta, pero su computadora sí. No para de hacer búsquedas sobre trasplantes de pulmones y porcentajes de función pulmonar, con distintas combinaciones, pero siempre con una idea fija. Conseguir darme más tiempo. Estoy más asustada que nunca. Pero no por mí. Cuando tienes FQ, te acostumbras a la idea de morir joven. No, lo que me aterroriza son mis papás. No sé qué será de ellos cuando ocurra lo peor, ahora que ya no se tienen el uno al otro.

Por suerte, ahora que Poe está aquí, lo llevaré mejor, porque él me entiende. Espero que pronto me dejen ir a verlo.

El resto de la tarde pasa muy lentamente.

Trabajo en mi aplicación, compruebo que solucioné el error de programación que salía todo el tiempo cuando intentaba usarla en mi teléfono. Me aplico un poco de Fucidin sobre la piel irritada alrededor de la sonda de gastrostomía en un intento de convertir el rojo camión de bomberos en un rosa puesta de sol en verano. Compruebo y vuelvo a comprobar el montón de frascos y pastillas para "antes de ir a dormir". Respondo a los mensajes que mis papás me envían a cada hora en punto. Miro por la ventana a medida que la tarde se va difuminando y veo a una pareja de mi edad, riendo y besándose al entrar en el hospital. No es frecuente ver a una pareja feliz entrando en un hospital. Al verlos tomados de la mano e intercambiando miradas amorosas, me pregunto qué se debe de sentir. La gente suele mirar mi catéter, mis cicatrices, mi sonda, pero nunca a mí.

Esas cosas no hacen que los chicos se acumulen junto a mi casillero.

"Salí" con Tyler Paul durante mi primer año de prepa, pero sólo duró un mes, hasta que contraje una infección y me internaron unas semanas en el hospital. Al cabo de unos días sus mensajes empezaron a espaciarse cada vez más, y decidí terminar con él. Además, era muy distinto a lo de la pareja de la entrada. A Tyler le sudaban las manos, y se ponía tanto desodorante Axe que me entraba un ataque de tos cada vez que nos abrazábamos.

Este proceso mental no es exactamente una distracción demasiado útil, de modo que decido dar una oportunidad al número 22 de mi lista de asuntos pendientes, "Reflexionar sobre la vida después de la muerte", y leo un fragmento de *La vida, la muerte y la inmortalidad: el viaje del alma*.

No tardo en optar por acostarme en la cama, mirar al techo y escuchar el sonido sibilante de mi respiración. Oigo cómo el aire trata de atravesar la mucosidad que ocupa el espacio en mis pulmones. Me doy la vuelta y abro un vial de Flovent para echarle una mano a mis pulmones. Vierto el líquido en el nebulizador que hay junto a la cama y la pequeña máquina cobra vida a medida que los vapores salen de la boquilla.

Me siento y observo el dibujo de los pulmones mientras voy respirando, inhalo y exhalo.

Inhalo y exhalo.

Inhalo y... exhalo.

Espero que, cuando mis papás vengan a visitarme estos próximos días, mi respiración sea un poco menos fatigosa. A ambos les dije que el otro me acompañaría esta mañana al hospital, pero en realidad tomé un Uber en la esquina del nuevo departamento de mi mamá. No quería que ninguno de los dos me viera otra vez aquí, por lo menos hasta que me haya recuperado un poco.

La cara de mi mamá cuando me dispuse a preparar el oxígeno portátil para llevármelo era todo un poema.

Alguien toca a la puerta, y yo desvío la mirada de la pared con la esperanza de que sea Poe quien viene a saludarme. Me retiro la boquilla justo en el momento en que Barb asoma la cabeza. Deja una mascarilla quirúrgica y unos guantes de látex sobre una mesa, junto a la puerta.

—Llegó uno nuevo. ¿Nos vemos en quince minutos?

Mi corazón da un brinco.

Asiento, y ella me dirige una gran sonrisa antes de salir. Vuelvo a colocarme la boquilla y doy otro toque rápido al Flovent, dejando que el vapor me llene los pulmones antes de levantarme y ponerme en acción. Apago el nebulizador, recojo el concentrador de oxígeno portátil del lugar donde se estaba cargando, junto a la cama, pulso el botón circular del centro para prenderlo y me paso la correa por encima del hombro. Entonces me coloco el catéter, me dirijo a la puerta, me pongo los guantes de látex y me paso los cordeles de la máscara alrededor de las orejas.

Me pongo los Converse blancos, empujo la puerta y salgo al pasillo blanco del hospital. Tomaré el camino más largo para pasar frente a la habitación de Poe.

Al pasar por el mostrador de las enfermeras saludo con la mano a una joven ayudante de enfermera que se llama Sarah, y ella me sonríe por encima del cubículo metálico nuevo y reluciente.

Lo cambiaron desde mi última visita, hace seis meses. Tiene la misma altura, pero antes estaba hecho de una madera gastada que databa probablemente de la época en que se construyó el hospital, unos sesenta años atrás. Recuerdo cuando era tan pequeña que podía escabullirme hasta la habitación donde estuviera Poe sin que nadie me viera, porque mi cabeza no llegaba al mostrador.

Ahora me llega al codo.

Avanzo por el pasillo y sonrío al ver una pequeña bandera de Colombia colgada en la parte exterior de la puerta entreabierta, obstruida por una patineta al revés.

Espío el interior de la habitación y veo a Poe profundamente dormido, hecho una bolita sorprendentemente pequeña bajo el edredón a cuadros. Un bonito póster de Gordon Ramsay hace guardia directamente encima de su cama.

Dibujo un corazón en el pizarrón que colgó en la puerta para hacerle saber que estuve aquí, y sigo avanzando por el pasillo en dirección a las puertas dobles de madera que me llevarán a la parte principal del hospital. Después tomaré el elevador, bajaré al Ala C, atravesaré el puente al Edificio 2 e iré directamente a la Unidad de Cuidados Intensivos de Neonatología.

Una de las ventajas de ser asidua a este lugar desde hace más de una década es que conozco el hospital como si fuera la casa donde me crié. He explorado mil veces cada pasillo sinuoso, cada escalera recóndita y cada atajo secreto.

Cuando estoy a punto de llegar a las puertas dobles, la puerta de una habitación se abre de par en par, y veo con sorpresa el perfil de un chico alto y delgado a quien no recuerdo haber visto antes. Plantado en el umbral de la habitación 315, sujeta un cuaderno de dibujo en una mano y un lápiz de carbón en la otra, y lleva una pulsera blanca del hospital alrededor de la muñeca.

Me detengo en seco.

Tiene el pelo de un color castaño chocolate y lo lleva perfectamente despeinado, como si acabara de salir de *Teen Vogue* y hubiera aterrizado directamente en el hospital de Saint Grace. Los ojos son de un azul intenso, y las comisuras se le arrugan cuando habla.

Pero es su sonrisa la que captura mi atención más que cualquier otra cosa. Es asimétrica y encantadora, y tiene una calidez magnética.

Es tan guapo, que mi función pulmonar baja otro 10 por ciento.

Me alegro de que la mascarilla me tape la mitad de la cara, porque no había previsto conocer a ningún chico guapo durante mi estancia.

—Cronometré todos sus horarios —dice, colocándose el lápiz detrás de la oreja con naturalidad. Me inclino ligeramente hacia la izquierda y veo que habla con la pareja que vi antes entrando en el hospital—. Por lo tanto, a no ser que caigan de nalgas sobre el botón de llamada, nadie los molestará durante por lo menos una hora. Y no olvides que después tengo que dormir en esa cama, hermano.

—Venimos preparados.

La chica abre el cierre de una bolsa de tela y le enseña unas sábanas.

Un momento. ¿Qué está pasando aquí?

El chico guapo silba.

—Vaya. Eres una excursionista con todas las de la ley.

—No somos animales, mano —interviene el novio, que le dedica una sonrisa amistosa y masculina.

Por el amor de Dios. Deja que sus amigos lo hagan en su habitación, como si esto fuera un motel.

Con una mueca de asco, sigo avanzando por el pasillo hacia las puertas de salida, poniendo la máxima distancia posible entre mí misma y la conspiración que ésos están tramando.

Vaya con el guapo.

2

Will

—Sale. Nos vemos luego —digo, guiñando el ojo a Jason y cerrando la puerta de la habitación para darles algo de privacidad. Estoy cara a cara con las cuencas vacías del dibujo de esqueleto que cuelga de mi puerta, con una máscara de oxígeno encima de la boca, y las palabras "SI ENTRAS AQUÍ, ABANDONA TODA ESPERANZA", escritas debajo.

Sería un buen eslogan para este hospital. O para cualesquiera de los cincuenta en los que he estado en los últimos ocho meses de mi vida.

Con los ojos entrecerrados, veo cómo las puertas se cierran tras la chica a la que vi ingresar antes en una de las habitaciones, y los Converse blancos destrozados desaparecen de mi vista. Llegó sola, cargada con una bolsa de tela enorme, y la verdad es que creo que está buena.

A ver, reconozcámoslo. No es habitual ver a una chica remotamente atractiva en un hospital, apenas a cinco puertas de la tuya.

Miro el cuaderno de dibujo, me encojo de hombros, me lo meto en el bolsillo trasero del pantalón y voy tras ella.

No es que tenga nada mejor que hacer, y no pienso quedarme aquí esperando una hora entera.

Empujo las puertas y la veo avanzar por el suelo de azulejos grises, saludando y charlando con todas las personas con las que se cruza, como si fuera la protagonista de su propio desfile. Entra en el gran elevador de cristal que da al vestíbulo este, junto al enorme árbol de Navidad que deben de haber colocado esta mañana, sin dar tiempo siquiera a que la gente haya terminado los restos de la cena de Acción de Gracias.

Suerte que no exhibieron el pavo gigante ni un minuto más.

Observo cómo se ajusta la máscara y se inclina para pulsar un botón. Las puertas del elevador se cierran lentamente.

Empiezo a subir por las escaleras contiguas al elevador e intento no tropezar con nadie mientras contemplo cómo asciende hasta el quinto piso. No podía ser de otra manera. Corro tan deprisa como me lo permiten mis pulmones, y consigo llegar al quinto piso con el tiempo suficiente para sufrir un ataque de tos y recuperarme antes de que ella salga del elevador y desaparezca. Me froto el pecho, me aclaro la garganta y la sigo por un par de pasillos hasta llegar al puente ancho y acristalado que lleva al siguiente edificio.

Aunque haya ingresado esta mañana, es evidente que sabe adónde va. A juzgar por el ritmo que lleva y viendo que conoce a todo el mundo, no me sorprendería que fuera la directora de este lugar. Llevo aquí dos semanas, y hasta ayer no conseguí descubrir cómo escabullirme sin que me vieran para ir a la cafetería del Edificio 2, y eso que suelo tener un buen sentido de la orientación. He estado en tantos hospitales a lo largo de los años, que aprender a moverme por ellos se convirtió en uno de mis hobbies.

La chica se detiene frente a unas puertas dobles que leen: ENTRADA ESTE: UNIDAD DE CUIDADOS INTENSIVOS DE NEONATOLOGÍA. Echa un vistazo por la rendija antes de abrirlas.

Neonatología.

Qué raro.

Tener hijos si tienes FQ es algo súper difícil. Las chicas con FQ suelen quejarse mucho del tema, pero dedicarse a contemplar los niños que nunca vas a tener me parece el colmo.

Es totalmente deprimente.

Hay muchas cosas que me chocan de la FQ, pero ésta no es una de ellas. Casi todos los chicos con FQ son estériles, y por consiguiente no tengo que preocuparme por embarazar a ninguna chica y crear mi propia y penosa familia.

Apuesto a que Jason desearía tener este problema ahora mismo.

Mirando a un lado y a otro, avanzo hacia las puertas, espío por la estrecha ventanilla y la veo plantada ante el cristal, con los ojos fijos en un bebé diminuto que hay dentro de una incubadora. Sus brazos y piernas frágiles están conectados a unas máquinas diez veces más grandes que él.

Empujo la puerta, entro en la sala en penumbra y sonrío al observar por un segundo a la chica de los Converse. No puedo evitar contemplar su reflejo, y todo lo que hay más allá del cristal se difumina al mirarla. De cerca es todavía más guapa, tiene las pestañas largas y las cejas pobladas. Hasta le queda bien la mascarilla. Observo cómo se retira de los ojos el pelo ondulado y de color arena, mientras contempla fijamente al bebé desde el otro lado del cristal.

Me aclaro la garganta para llamar su atención.

—Y yo que pensaba que éste iba a ser otro hospital aburrido lleno de enfermos aburridos. Y de repente apareces tú. Qué afortunado soy.

Sus ojos coinciden con los míos en el reflejo del cristal. Al principio denotan cierta sorpresa, pero luego pasan, casi de inmediato, a algo parecido al disgusto. Aparta la mirada y vuelve a mirar al bebé, sin decir nada.

Bueno, ésa siempre ha sido una señal prometedora. No hay nada como la repulsión verdadera para comenzar con buen pie.

—Vi cómo te instalabas en la habitación. ¿Vas a pasar aquí una temporada?

No responde. Si no fuera por la mueca, diría que ni siquiera me oyó.

—Ah, ya lo entiendo. Soy tan guapo que ni siquiera eres capaz de enlazar dos palabras.

Esto la indigna lo suficiente para responder.

—¿No deberías estar procurando habitaciones para tus "invitados"? —dispara, volteando a verme mientras se quita airadamente la mascarilla de la cara.

Me agarró con la guardia baja, y me río, sorprendido por lo directa que es.

Eso la enoja muchísimo.

—¿La alquilas por horas, o qué? —pregunta, entrecerrando los ojos.

—¡Vaya! Eras tú la que merodeaba por el vestíbulo.

—Yo no merodeo —responde, furiosa—. Tú me seguiste hasta aquí.

Tiene parte de razón. Pero está claro que ella merodeó primero. Finjo que estoy arrepentido y levanto los brazos para reconocer mi derrota.

—Con la intención de presentarme, pero con esa actitud tuya...

—Déjame adivinar —dice ella, interrumpiéndome—. Te consideras un rebelde. Desobedeces las reglas para sentir que tienes el control. ¿Tengo razón?

—La tienes —respondo, y aprovecho para apoyar la espalda contra la pared.

—¿Y te parece bonito?

Sonrío.

—A ti te debe de parecer adorable. Te quedaste un buen rato espiando desde el pasillo.

Ella pone los ojos en blanco. Está claro que no la divierto.

—Prestar la habitación a tus amigos para que practiquen el sexo no es bonito.

La chica es de armas tomar.

—¿Sexo? Ay, no, por Dios. Me la pidieron durante una hora porque tenían que celebrar la reunión de su club de lectura.

Se me queda mirando, impertérrita ante mi sarcasmo.

—Ah. Entonces se trata de eso —continúo, cruzando los brazos sobre el pecho—. Tienes algo contra el sexo.

—¡Claro que no! ¡Me encanta el sexo! —responde, agrandando los ojos mientras las palabras le brotan precipitadamente—. ¡Es estupendo…!

Es la mayor mentira que he oído en todo el año, y eso que vivo rodeado por gente que me dora la píldora haciendo ver que no me estoy muriendo.

Suelto una carcajada.

—"Estupendo" no es un adjetivo demasiado sonoro, pero me alegra saber que tenemos algo en común.

Ella frunce las cejas.

—Tú y yo no tenemos nada en común.

Parpadeo. Me la estoy pasando en grande.

—Fría. Me gusta.

De pronto se abre la puerta y aparece Barb, y ambos nos llevamos un susto de muerte.

—¡Will Newman! ¿Qué haces aquí arriba? ¡No tienes permiso para salir de la tercera planta, después de la que armaste la semana pasada!

Miro a la chica.

—Ahí lo tienes. Un nombre para acompañar a tu precipitado retrato psicológico. ¿Y tú eres?

Me lanza una mirada asesina y se tapa rápidamente la boca con la mascarilla antes de que Barb se dé cuenta.

—La que te ignora.

Muy buena. La Srta. Bien Portada es rápida como un rayo.

—Y la preferida de la maestra, también.

—¡Siempre a seis pies de distancia! ¡Ya conocen las reglas!

Me doy cuenta de que estoy demasiado cerca y retrocedo un paso mientras Barb nos alcanza y se interpone en el espacio y la tensión que nos separa. Con una mirada de desconfianza, me pregunta:

—¿Se puede saber qué haces aquí?

—Bueno… —respondo, señalando el cristal—. Estoy viendo a los bebés.

Esto no le hace demasiada gracia.

—Vuelve a tu habitación. ¿Dónde está tu mascarilla? —me toco la cara descubierta—. Stella, gracias por no quitarte la tuya.

—Hace cinco segundos no la llevaba puesta —murmuro. Stella me mira con odio y yo respondo con una gran sonrisa.

Stella.

Se llama Stella.

Presiento que Barb está a punto de regañarme, por lo que decido largarme. Por el momento ya me han sermoneado bastante.

—Alegra esa cara, Stella —digo, caminando hacia la puerta—. Así es la vida. Se terminará antes de que nos demos cuenta.

Salgo de la sala, cruzo el puente y bajo al Ala C. En vez de volver por el camino más largo, utilizo un elevador mucho más inestable, no acristalado, que descubrí hace dos días. El artefacto me escupe justo al lado del mostrador de enfermeras de mi planta, donde Julie está repasando unos documentos.

—Hola, Julie —digo, inclinándome sobre el mostrador y tomando un lápiz.

Ella me mira de reojo y enseguida vuelve al papel que tiene entre las manos.

—¿Se puede saber qué haces, exactamente?

—Vagar por el hospital. Hacer enojar a Barb —respondo, encogiéndome de hombros y dando vueltas al lápiz con las yemas de los dedos—. Es una estirada.

—Will, no es una estirada, sólo es…

La miro.

—Una estirada.

Se apoya en el mostrador y se coloca la mano sobre la barriga súper embarazada.

—Es estricta. Las reglas son importantes. Sobre todo para Barb. No quiere correr riesgos.

Las puertas del final del pasillo se abren de nuevo y aparecen Barb y la guapa en persona.

Barb entrecierra los ojos y yo me encojo de hombros, haciéndome el inocente.

—¿Qué pasa? Estoy hablando con Julie.

Ella resopla y ambas se alejan por el pasillo hacia la habitación de Stella. Stella se ajusta la mascarilla, me mira y nuestros ojos se encuentran durante una fracción de segundo.

Suspiro al verla alejarse.

—Me odia.

—¿Cuál de las dos? —pregunta Julie, siguiendo la dirección de mi mirada.

La puerta de la habitación se cierra tras ellas, y vuelvo a mirar a Julie.

He visto esa expresión un millón de veces desde el día en que llegué. Sus ojos azules combinan algo parecido al cariño con un "¿Estás completamente loco?".

Aunque lo que predomina es: "¿Estás completamente loco?".

—Ni lo sueñes, Will.

Miro de reojo el informe que descansa delante de ella, y un nombre me llama desde la esquina superior izquierda.

Stella Grant.

—Muy bien —digo, como quien no quiere la cosa—. Buenas noches.

Me dirijo con lentitud a la 315 y toso nada más llegar, la mucosidad espesa me llena los pulmones y la garganta, y tengo el pecho dolorido por la excursión. De haber sabido que iba a correr medio maratón por todo el hospital, me habría molestado en llevar el oxígeno portátil.

Pero bueno, ¿a quién intento engañar?

Antes de abrir la puerta, consulto el reloj para asegurarme de que ya pasó una hora entera. Enciendo la luz, y veo una nota doblada de Hope y Jason sobre las sábanas reglamentarias de hospital de color blanco-blanqueador.

Qué romántico de su parte.

Procuro no sentirme mal porque ya se hayan ido. Mi mamá me sacó de la escuela y optó por la educación doméstica con numerosas optativas de turismo internacional por hospitales cuando me diagnosticaron la Burkholderia cepacia hace ocho meses. Como si mi ciclo vital no fuera a ser ya ridículamente corto, la B. cepacia recortará otro enorme cacho del mismo al provocar que mi función pulmonar disminuya todavía más deprisa. Y nadie te regala unos pulmones nuevos cuando tienes una bacteria resistente a los antibióticos pululando descontroladamente en tu interior.

Para mi mamá, sin embargo, la palabra "incurable" sólo es una sugerencia, y no parará hasta encontrar el tratamiento "aguja en un pajar". Aunque eso conlleve separarme del resto del mundo.

Por lo menos, el hospital está a media hora de Hope y de Jason, y pueden venir a visitarme de manera regular y contarme todo lo que me estoy perdiendo en la prepa. Desde que contraje la B. cepacia, tengo la sensación de que son los únicos que no me tratan como una rata de laboratorio. Siempre han sido así; tal vez por eso son tan perfectos el uno para el otro.

Al abrir la nota encuentro el dibujo de un corazón y, en la clara letra cursiva de Hope: "¡Hasta pronto! ¡Sólo faltan dos semanas para tus 18! Hope y Jason". Y eso me hace sonreír.

Mis 18. Dos semanas más y podré decidir. Dejaré este último ensayo clínico y este hospital y podré hacer algo con mi vida, en lugar de dejar que mi mamá la desperdicie.

Basta de hospitales. Basta de estar atrapado en edificios pintados de blanco por todo el mundo mientras los doctores prueban un medicamento tras otro, un tratamiento tras otro, sin que ninguno funcione.

Si tengo que morir, me gustaría vivir primero.

Y entonces moriré.

Entorno los ojos para mirar el corazón, y pienso en ese último y funesto día. Me gustaría que pasara en algún lugar poético. Una playa, tal vez. O en un bote de remos en el río Mississippi. Pero sin paredes. Para poder dibujar el paisaje, una última viñeta de mí mismo mandando al universo a la fregada y después colgar los tenis.

Lanzo la nota sobre la cama y estudio las sábanas antes de olerlas rápidamente para asegurarme. Almidón y blanqueador. El agua de colonia habitual de los hospitales. Bien.

Me deslizo en el sillón reclinable de piel junto a la ventana y retiro una pila de lápices de colores y cuadernos, y extraigo la computadora de debajo de unas fotocopias de caricaturas políticas de los años cuarenta que he estado buscando como referencia. Abro el navegador y tecleo *Stella Grant* en Google, sin demasiadas esperanzas. Apuesto a que sólo tiene una página de Facebook muy privada. O una aburrida cuenta de Twitter en la que retuitea memes sobre la importancia de lavarse las manos.

El primer resultado, sin embargo, es una página de You-Tube llamada *Diario FQ No-Tan-Privado de Stella Grant*, con por lo menos un centenar de videos, los primeros de los cuales se remontan a seis años atrás. El nombre de la página me resulta familiar. Claro, es aquel canal tan soso cuyo enlace me envió mi mamá hace unos meses en su enésimo intento de convencerme para que me tomara en serio los tratamientos.

De haber sabido que era así de guapa…

Abro la primera entrada y doy clic en un video donde sale Stella de pequeña, con brackets en la boca y una cola de caballo. Intento no reírme. Me pregunto cómo tendrá ahora los dientes, teniendo en cuenta que todavía no la he visto sonreír.

Probablemente sean bastante bonitos. Parece de las que se coloca el retenedor por la noche, en vez de dejar que acumule polvo en un estante del baño.

Creo que el mío ni siquiera llegó a casa el día que me lo dio el ortodoncista.

Pulso el botón de volumen y su voz sale por mis altavoces.

—Como todos los enfermos de FQ, nací terminal. Nuestros cuerpos producen demasiada mucosidad, y a esa mucosidad le gusta entrar en nuestros pulmones y causar infecciones, de-te-rio-ran-do así nuestra función pulmonar —a la chica le cuesta pronunciar una palabra tan difícil. Sonríe a la cámara—. Ahora mismo, mi capacidad pulmonar es de cincuenta por ciento.

Hay un corte mal hecho, y se ven unas escaleras que reconozco de la entrada principal del hospital. No me extraña que conozca también este lugar. Lleva siglos viniendo aquí.

Sonrío a la niña pequeña, aunque el corte haya sido lo más cursi que he visto nunca. Se sienta en los escalones y respira hondo.

—La doctora Hamid dice que, a este ritmo, voy a necesitar un trasplante para cuando tenga que ir a la prepa. Un trasplante no es una cura, ¡pero me dará más tiempo! ¡Me encantaría disponer de unos cuantos años más, si consigo el trasplante!

Ya sé, Stella.

Por lo menos ella dispone de esa posibilidad.

3

Stella

Tiro del chaleco Afflo de color azul y me lo coloco alrededor del torso con la ayuda de Barb. Se parece muchísimo a un chaleco salvavidas, a excepción del control remoto que sale de él. Por un instante imagino que es un chaleco salvavidas, miro por la ventana y me veo navegando por Los Cabos con Mya y Camila, el sol del atardecer brilla en el horizonte.

Las gaviotas que graznan, la playa arenosa en la lejanía, los surfistas sin camiseta, y sólo entonces, a regañadientes, pienso en Will. Parpadeo y Los Cabos se desvanecen mientras los árboles desnudos toman forma al otro lado de la ventana.

—Entonces, Will… ¿Tiene FQ? —pregunto, aunque sea más que evidente. Barb me ayuda a colocar la última correa. Jalo el hombro del chaleco para que no roce con mi clavícula huesuda.

—No sólo eso. Tiene B. cepacia. Entró en los nuevos ensayos clínicos del Cevaflomalin.

Tiende la mano, enciende la máquina y me echa un vistazo.

Con los ojos muy abiertos, observo el tubo gigante de esterilizante de manos. ¿Estuve tan cerca de él y tiene B. cepacia? Es como una sentencia de muerte para los enfermos de FQ. Tendrá suerte si vive unos cuantos años más.

Si es que sigue el régimen de un modo tan estricto como yo.

El chaleco empieza a vibrar. Mucho. Noto que la mucosidad de mis pulmones se va desintegrando lentamente.

—Si la contraes, despídete de la posibilidad de unos pulmones nuevos —añade, mirándome—. No te acerques a él.

Asiento. Eso es exactamente lo que haré. Necesito ese tiempo extra. Además, no me gustan las personas tan engreídas.

—Esos ensayos... —empiezo a decirle a Barb, pero luego alzo la mano para interrumpir la conversación mientras expulso un montón de moco.

Ella hace un gesto de aprobación y me pasa la bacinica reglamentaria de color rosa pálido. Escupo en ella y me limpio la boca antes de hablar.

—¿Qué posibilidades tiene?

Barb resopla y sacude la cabeza antes de mirarme a los ojos.

—Nadie lo sabe. El medicamento es demasiado nuevo.

Pero su expresión lo dice todo. Reina el silencio a excepción del silbido de la máquina y del chaleco, que sigue vibrando.

—Ya estamos. ¿Necesitas algo antes de que me vaya?

Sonrío y le dirijo una mirada suplicante.

—¿Una malteada?

Ella pone los ojos en blanco y se lleva las manos a las caderas.

—¿Qué pasa? ¿Ahora soy el servicio de habitaciones?

—¡Tengo que aprovechar los beneficios, Barb! —digo y eso la hace reír.

Cuando se va, me reclino contra el respaldo de la cama, el chaleco Afflo me sacude todo el cuerpo. Mi mente divaga, y pienso en el reflejo de Will en el cristal de Neonatología, plantado detrás de mí con una sonrisa desafiante.

B. cepacia. Qué duro.

Y sin embargo se pasea por el hospital sin la mascarilla puesta. No me extraña que contrajera la enfermedad, si va en ese plan. He visto a gente como él más veces de las que puedo contar. El tipo negligente, a lo *Braveheart*, que se rebela en un intento desesperado de desafiar al diagnóstico antes de que todo termine. Ni siquiera es original.

—Muy bien —dice Barb, que entra no con una sino con dos malteadas, como la reina que es—. Con esto estarás contenta durante un buen rato.

Las coloca a mi lado, sobre la mesa, y yo sonrío a esos ojos castaños y oscuros que tanto aprecio.

—Gracias, Barb.

Ella asiente y me toca suavemente la cabeza antes de dirigirse a la puerta.

—Buenas noches, cariño. Hasta mañana.

Sentada junto a la ventana, sigo tosiendo mucosidades a medida que el chaleco cumple su función de limpiar las vías respiratorias. Observo el dibujo de los pulmones y la foto que cuelga al lado. Siento un dolor en el pecho que no tiene nada que ver con el tratamiento. Pienso en mi cama. En mis papás. En Abby. Consulto el celular y veo que hay un mensaje de mi papá. Es una foto de su vieja guitarra acústica, apoyada contra una mesita desvencijada en el departamento nuevo. Ha dedicado el día a arreglar el departamento después de que yo le insistiera que no era necesario llevarme al hospital. Cuando se lo dije, fingió que para él no era un alivio. Y yo fingí que mi mamá iba a acompañarme para que no se sintiera culpable.

Hemos fingido mucho desde el divorcio más ridículo de todos los tiempos.

Han pasado seis meses y todavía no son capaces ni de mirarse.

Por alguna razón, me entran unas ganas enormes de escuchar su voz. Busco la información de contacto y estoy a punto de apretar el botón verde de llamada del celular, pero en el último segundo decido no hacerlo. Nunca llamo el primer día, y la tos que me causa el chaleco Afflo lo pondría nervioso. Sigue escribiéndome cada hora para ver cómo me encuentro.

No quiero que mis papás se preocupen. No me lo puedo permitir.

Es mejor esperar a mañana.

A la mañana siguiente abro los ojos de golpe y, al intentar localizar lo que me ha despertado, veo el celular que vibra ruidosamente en el suelo, después de haber caído de la mesa. Miro de reojo los vasos vacíos de malteada y el montón de recipientes de pudín de chocolate que ocupan prácticamente todo el espacio del buró. No me extraña que el teléfono se haya caído.

Si somos 60 por ciento de agua, yo me estoy acercando peligrosamente a ser 40 por ciento pudín.

Gimo, alargo el brazo para tomar el teléfono, y la sonda me quema por el esfuerzo. Me toco suavemente el costado, me levanto la camiseta para desenganchar el tubo, y me sorprende ver que la piel que lo rodea está todavía más roja e inflamada que antes.

No es buena señal. Normalmente, la irritación desaparece con un poco de Fucidin, pero el de ayer no surtió ningún efecto.

Aplico una cantidad mayor de ungüento, con la esperanza de que la situación mejore, y añado una nota a la lista de asuntos pendientes para irlo vigilando, antes de repasar mis notificaciones. Hay un par de fotos de Mya y Camila con aspecto adormilado pero feliz al subirse esta mañana al avión. Mis papás también me escribieron para saber cómo dormí, si estoy bien instalada, y me piden que los llame al despertarme.

Estoy a punto de responder cuando el teléfono vibra y lo consulto para ver un mensaje de Poe:

¿Estás despierta?

Respondo rápidamente para ver si quiere que desayunemos juntos dentro de veinte minutos, como tenemos por costumbre, y luego dejo el teléfono y paso las piernas por encima de la cama para retomar la computadora.

Menos de un segundo más tarde el celular zumba con la respuesta de Poe:

¡Síii!

Sonrío y pulso el botón para llamar a la enfermera. La voz amigable de Julie cruje por el altavoz.

—¡Buenos días, Stella! ¿Estás bien?

—Sí. ¿Puedo desayunar ahora? —pregunto, al tiempo que enciendo la computadora.

—¡Por supuesto!

El reloj de la computadora marca las 9:00. Me acerco el carrito de las medicinas para estudiar los montones que ayer ordené por colores. Sonrío, consciente de que mañana, a esta misma hora, cuando haya logrado que la versión beta de mi aplicación funcione correctamente, recibiré una notificación en el celular para recordarme que tome las pastillas de la mañana y cuáles son las dosis exactas que necesito.

Casi un año de trabajo duro está a punto de dar resultados. Una aplicación para todas las enfermedades crónicas, con sus historiales médicos, sus horarios y su información de dosificación.

Me tomo las pastillas y abro el Skype, repasando la lista de contactos para ver si mi papá o mi mamá están conectados. Hay un pequeño punto verde junto al nombre de mi papá. Pulso el botón de llamada y espero.

Su cara aparece en la pantalla justo cuando se está poniendo los lentes de armazón grueso sobre los ojos cansados. Me doy cuenta de que todavía está en pijama, lleva el pelo grisáceo proyectado en todas direcciones y está recostado sobre un gran almohadón. Mi papá siempre se ha levantado temprano. Cada mañana salía de la cama antes de las siete y media, incluso los fines de semana.

La preocupación empieza a invadirme.

—Necesitas rasurarte —le digo, fijándome en la inhabitual barba incipiente que le cubre la barbilla. Siempre ha ido bien rasurado, excepto la fase barbuda que pasó cuando yo iba a la escuela primaria.

Suelta una risita y se rasca la barbilla descuidada.

—Y tú necesitas unos pulmones nuevos. ¡Toooma!

Pongo los ojos en blanco mientras él se ríe de su propio chiste.

—¿Cómo estuvo la tocada?

Se encoje de hombros.

—Normal.

—¡Qué bueno que vuelvas a tocar! —digo con alegría, haciendo lo posible por parecer positiva.

—¿Ya estás mejor de las anginas? —pregunta, con una mirada de preocupación.

Asiento y trago saliva para confirmar que la irritación de la garganta ha empezado a mermar.

—¡Un millón de veces mejor! —veo su expresión de alivio y cambio rápidamente de tema antes de que haga más preguntas relacionadas con el tratamiento—. ¿Qué tal el departamento nuevo?

Me dedica una sonrisa exagerada.

—¡Es genial! ¡Tiene una cama y un baño! —la sonrisa se esfuma ligeramente y se encoge de hombros—. Y poco más. Seguro que la casa de tu mamá es más bonita. Ella siempre ha sabido hacer que cualquier sitio parezca un hogar.

—Tal vez si la llamaras…

Sacude la cabeza y me interrumpe en seco.

—Hay que mirar adelante. En serio, está muy bien. El sitio es genial, y te tengo a ti y a mi guitarra. ¿Qué más puedo pedir?

Noto un vacío en el estómago, pero tocan a la puerta y entra Julie con una charola verde oscuro llena de comida.

Mi papá se alegra de verla.

—¡Julie! ¿Cómo estás?

Julie deja la bandeja y le enseña la barriga. Para alguien que lleva cinco años insistiendo que nunca tendría hijos, ahora parece ridículamente ansiosa por tenerlos.

—Muy ocupada, ya lo veo —dice mi papá, con una gran sonrisa.

—Hablamos luego, papá —digo, y sitúo el cursor sobre el botón de fin de llamada—. Te quiero.

Se despide con la mano justo antes de que termine el chat. El olor a huevos con tocino planea desde el plato, junto al cual descansa un licuado gigante de chocolate.

—¿Necesitas algo más, Stell? ¿Compañía?

Vuelvo a mirar la barriga de embarazada y niego con la cabeza mientras me invade una oleada sorprendente de desdén. Quiero mucho a Julie, pero no estoy de humor para hablar de su nueva familia mientras la mía se desmorona.

—Poe está a punto de llamarme.

Justo a tiempo, la computadora suena y aparece la foto de Poe y el símbolo verde del teléfono en la pantalla. Julie se frota el estómago, me mira con cara de confusión y me sonríe con los labios muy apretados.

—De acuerdo. ¡Que se diviertan!

Pulso aceptar y la cara de Poe se hace lentamente visible, con las cejas negras y espesas sobre esos agradables ojos cafés que tanto extrañaba. Se ha cortado el pelo desde la última vez que lo vi. Me sonríe de oreja a oreja, y yo intento sonreír también, pero termina siendo algo más parecido a una mueca.

No puedo quitarme de la cabeza la imagen de mi papá. Tan triste y solo, tirado en la cama, con las líneas del rostro denotando su agotamiento.

Y ni siquiera puedo ir a verlo.

—¡Eh, *mami*! ¡Estás ACABADA! —dice, dejando a un lado su licuado y entrecerrando los ojos para mirarme—. ¿Tuviste una sobredosis de pudín de chocolate?

Sé que ahora debería reírme, pero ya he gastado la cuota de fingimiento para el resto del día, y todavía no son ni las nueve y media.

Poe frunce el ceño.

—Vaya. ¿Qué pasa? ¿Es por lo de Los Cabos? Sabes que de todos modos no hubieras podido tomar el sol.

Hago el gesto de dejarlo pasar y levanto la charola para que Poe pueda ver mi desayuno de leñadora. ¡Huevos, tocino, papas y licuado! Lo habitual en nuestras citas para desayunar.

Poe me mira desafiante, para que sepa que no le voy a engatusar cambiando de tema, pero no puede resistirse a levantar su plato para mostrarme la misma comida, con la diferencia de que sus huevos están elegantemente embellecidos con cebollín, perejil y... un momento.

¡Trufas!

—¡Poe! ¿De dónde demonios sacaste las trufas?

Arquea las cejas y sonríe.

—¡Tienes que traerlas, *mija*!* —responde, y luego mueve la webcam para enseñarme un carrito de medicinas reconvertido en un estante de especias perfectamente organizadas. En vez de frascos de pastillas, está lleno de tarros y productos especializados, y reposa bajo el altar a su patinador favorito, Paul Rodríguez, y a toda la selección nacional de futbol de Colombia. Típico de Poe. La comida, las patinetas y el futbol son, por mucho, sus tres cosas favoritas.

De la pared cuelgan suficientes camisetas como para vestir a todos los pacientes de FQ de esta planta y formar un segundo equipo de jugadores mediocres y sin fuerza cardiovascular.

Vuelve a enfocarse la cámara y veo el pecho de Gordon Ramsay asomando detrás de él.

—Pero antes, ¡nuestro aperitivo!

Sostiene un puñado de tabletas Creon, que ayudarán a nuestro cuerpo a digerir la comida que estamos a punto de comer.

* En español en el original *(N. del T.)*

—¡La mejor parte de cada refrigerio! —digo con sarcasmo, mientras pesco mis pastillas blancas y rojas de un vaso de plástico que tengo en la charola.

—Bien —dice Poe después de haberse tragado la última—. Como tú no desembuchas, hablemos de mí. ¡Estoy soltero! Listo para…

—¿Cortaste con Michael? —pregunto, exasperada—. ¡Poe!

Poe le da un buen trago a su licuado.

—Tal vez fue él quien cortó conmigo.

—¿En serio?

—¡Sí! Bueno, fue una cosa mutua —dice, y enseguida suspira y sacude la cabeza—. Está bien. Corté con él.

Frunzo el ceño. Eran la pareja perfecta. A Michael le encanta el *skate* y tiene un blog de comida súper popular que Poe llevaba tres años siguiendo religiosamente antes de que se conocieran. Es distinto a las otras personas con las que Poe ha salido. Algo mayor, aunque acaba de cumplir dieciocho años. Y lo más importante, Poe estaba diferente con él.

—Te gustaba mucho, Poe. Pensaba que podría ser el definitivo.

Pero lo tendría que haber adivinado; Poe podría escribir un libro sobre problemas de compromiso. Aun así, eso nunca lo ha detenido en la búsqueda de otro gran romance. Antes de Michael estuvo Tim, y dentro de una semana podría ser David. Y, para ser sincera, lo envidio un poco, a él y a sus romances salvajes.

Yo nunca he estado enamorada. Por supuesto, Tyler Paul no cuenta. Pero aunque hubiera tenido la oportunidad, salir con alguien es un riesgo que ahora mismo no me puedo permitir. Tengo que centrarme. Mantenerme con vida. Conseguir el trasplante. Hacer menos desgraciados a mis papás. Es casi un trabajo a tiempo completo. Y no tiene nada de sexy.

—Bueno, pues no lo es —dice Poe, haciendo ver que no hay para tanto—. Que se joda, ¿no te parece?

—Bueno, por lo menos no te quedaste con las ganas —respondo, encogiéndome de hombros y atacando los huevos con tocino. De pronto me acuerdo de la sonrisa de suficiencia con la que Will reaccionó ayer cuando le dije que había tenido relaciones sexuales. Idiota.

Poe se ríe a medio sorbo de licuado, pero se atraganta y empieza a ahogarse. Los monitores de los signos vitales comienzan a pitar mientras él se esfuerza por respirar.

Dios mío. No, no, no. Me incorporo de un salto.

—¡Poe!

Empujo la computadora y salgo corriendo al pasillo justo en el momento en que suena una alarma en el mostrador de las enfermeras. El miedo invade cada poro de mi cuerpo. Desde algún lugar, una voz grita.

—¡Habitación 310! El nivel de oxígeno en la sangre está en caída libre. ¡Se está asfixiando!

Asfixiando. No puede respirar, no puede respirar.

—¡Se está ahogando! ¡Poe se está ahogando! —grito, y mis ojos se llenan de lágrimas mientras vuelo tras Julie por el pasillo, colocándome la mascarilla al mismo tiempo. Ella irrumpe en la habitación delante de mí y corre a comprobar el monitor que silba. Tengo miedo de mirar. Tengo miedo de ver a Poe sufriendo. Tengo miedo de ver a Poe...

Perfectamente.

Está perfectamente, sentado en la silla como si no hubiera pasado nada.

Noto una sensación de alivio y un sudor frío. Poe me mira a mí y después a Julie, con una expresión avergonzada en el rostro, y levanta el sensor del dedo.

—¡Lo siento! Se desconectó. No volví a pegarlo después de bañarme.

Suelto el aire lentamente y me doy cuenta de que estuve todo este rato aguantando la respiración. Cosa bastante difícil cuando tus pulmones funcionan a duras penas.

Julie se apoya contra la pared, tan conmocionada como yo.

—Poe. Bueno. Cuando el oxígeno se desploma de ese modo... —sacude la cabeza—. Póntelo otra vez.

—Ya no lo necesito, Jules —dice él, mirándola—. Deja que me lo quite.

—Ni hablar. En este momento tu función pulmonar está hecha un asco. Tenemos que controlarte, de modo que debes conectar el maldito trasto —respira hondo y sostiene un trozo de cinta para que él vuelva a pegar el sensor—. Por favor.

Poe suspira sonoramente pero vuelve a conectar el sensor del dedo al sensor del oxígeno en la sangre, atado a la muñeca.

Por fin estoy recuperando el aliento.

—Julie tiene razón, Poe. No te lo quites.

Me mira mientras adhiere el sensor al dedo anular, me lo enseña y sonríe.

Pongo los ojos en blanco y observo la habitación del idiota: la 315. La puerta está bien cerrada a pesar del ajetreo que ha habido y una luz se filtra bajo la rendija. ¿Ni siquiera se va a asomar para asegurarse de que todo está bien? Fue una alarma generalizada, todo el mundo abrió las puertas de las habitaciones para ver qué pasaba. Me muevo nerviosa y me aliso el pelo, y miro a Poe justo en el momento en que arquea las cejas.

—¿Estás poniéndote guapa para alguien?

—No seas ridículo —le lanzo una mirada asesina mientras Julie y él miran con curiosidad en mi dirección. Le indico la comida.

—Estás a punto de malgastar unas trufas buenísimas con unos huevos fritos fríos —digo, y me apresuro por el pasillo para terminar nuestro chat del desayuno. Mientras más espacio haya entre la habitación 315 y yo, mejor.

4

Will

Me froto los ojos, adormilado, y le doy clic a otro video, con la charola de huevos con tocino a medio comer enfriándose en la mesa contigua. Llevo toda la noche despierto viendo sus videos, uno detrás del otro. Ha sido un maratón de Stella Grant, a pesar de que los contenidos sobre FQ son bastante aburridos.

Repaso la barra lateral y le doy clic al siguiente.

Éste es del año pasado, y la iluminación es ridículamente oscura, exceptuando el flash de la cámara del celular. Parece un evento benéfico, celebrado en un bar con poca luz. Una enorme pancarta cuelga sobre el escenario: SALVEMOS EL PLANETA. APOYEMOS EL DÍA DE LA TIERRA.

La cámara enfoca a un hombre que toca una guitarra acústica, sentado en un banquito de madera, mientras una chica con el pelo castaño y rizado canta. Los reconozco a ambos de todos los videos que he visto.

El papá de Stella y su hermana Abby.

La cámara enfoca a Stella, que sonríe y deja ver unos dientes tan blancos y perfectos como yo había predicho.

Lleva maquillaje, y toso sorprendido al ver lo distinta que está. Pero no es por el maquillaje. La veo más feliz. Más tranquila. Conmigo no se ha comportado así.

Hasta el catéter de la nariz le queda bien cuando sonríe así.

—¡Papá y Abby! ¡Arrasando! ¡Aunque me muera antes de cumplir los veintiuno, por lo menos habré estado en un bar! —enfoca con la cámara a una mujer mayor con el mismo pelo castaño. Están sentadas en un compartimento de color rojo estridente—. ¡Mamá, saluda!

La mujer saluda con la mano y dedica una gran sonrisa a la cámara.

Una mesera pasa junto a la mesa y Stella la llama.

—Sí. Tomaré un bourbon, por favor. Solo.

Me muero de risa. Su mamá grita:

—¡Ni hablar!

—Buen intento, Stella —comento mientras una luz intensa se enciende y las ilumina.

La canción termina y Stella se pone a aplaudir como una loca. Gira la cámara para mostrar a su hermana, que sonríe desde el escenario.

—Bueno, mi hermana Stella está aquí esta noche —dice, señalando a Stella—. Como si luchar por su propia vida no fuera suficiente, ¡también quiere salvar el planeta! ¡Enséñales lo que sabes hacer, Stella!

La voz de Stella suena por los altavoces, estupefacta.

—Esto… ¿Lo habían planeado?

La cámara vuelve a enfocar a su mamá, que sonríe. Sí.

—Vamos, cariño. ¡Yo lo filmaré! —dice su mamá, y la imagen se desenfoca porque Stella le pasa el teléfono.

Toda la sala la vitorea mientras ella arrastra el concentrador portátil de oxígeno hasta el escenario, y su hermana Abby la ayuda a subir las escaleras y ponerse bajo los focos. Ella, nerviosa, se ajusta el catéter mientras su papá le pasa un micrófono, momento en el cual ella se vuelve hacia el público y habla.

—Es la primera vez que canto. Por lo menos en público. ¡No se rían!

Naturalmente, todo el mundo se ríe, incluida Stella. Sólo que su risa está llena de nervios.

Mira cautelosamente a su hermana. Abby dice algo que el micrófono capta a duras penas.

—Mucho, muchísimo.

¿Qué significa eso?

En todo caso, funciona, porque el nerviosismo desaparece como por arte de magia.

El papá empieza a rasguear la guitarra y yo tatareo la melodía antes de que mi cerebro registre conscientemente lo que están cantando. Todo el público se mueve también al compás, moviendo la cabeza a derecha e izquierda y repiqueteando con los pies.

—*Now I've heard there was a secret chord...**

---

* "*He oído que hay un acorde secreto* ..." Primer verso de la canción "Hallelujah", de Leonard Cohen. *(N. del T.)*

Caramba. Qué bien cantan las dos.

Su hermana lo hace con una voz clara, fuerte y potente, mientras la de Stella es adecuadamente suave y susurrante.

Pongo pausa cuando la cámara se acerca a la cara de Stella, y todos sus rasgos cobran vida a la luz de los focos. Despreocupada, sonriente y feliz, compartiendo el escenario con su hermana y su papá. Me pregunto por qué razón estaba tan tensa ayer.

Me paso los dedos por el pelo, observo su cabello largo, la sombra de la clavícula, el modo en que sus ojos castaños brillan cuando sonríe. La adrenalina da a su rostro un toque de color, tiene las mejillas de un rosa reluciente.

No lo negaré. Es guapa.

Muy guapa.

Desvío la mirada y… un momento. No puede ser. Subrayo el número con el cursor.

—¿Cien mil visitas? ¿Es una broma?

¿Quién es esta chica?

Apenas una hora más tarde, la primera siesta tras pasar la noche en vela se ha visto interrumpida por una alarma escandalosa procedente del pasillo, y el segundo intento ha sido abortado por mi mamá y la doctora Hamid, que irrumpen en la habitación para hacerme una visita vespertina. Aburrido, bostezo y miro al patio vacío. Los vientos fríos y la previsión de nieve han hecho que todo el mundo esté a cubierto.

Nieve. Me ilusiona verla.

Descanso la cabeza contra el cristal fresco, deseoso de que el mundo exterior se cubra con una manta blanca. No he tocado la nieve desde la primera vez que mi mamá me envió a un laboratorio experimental de primera clase para hacer de conejillo de Indias de un medicamento contra la B. cepacia. Estaba en Suecia, y los científicos llevaban media década perfeccionándolo.

Pero todavía no lo habían "perfeccionado" lo suficiente, porque me enviaron a casa a las dos semanas.

No recuerdo gran cosa de aquella estancia en concreto. Lo único que recuerdo de la mayoría de mis viajes al hospital es el color blanco. Sábanas blancas, paredes blancas, batas de laboratorio blancas, todo revuelto. En cambio, sí me acuerdo de las montañas de nieve que cayeron mientras estuve ahí, el mismo blanco, pero en bonito, en menos estéril. En real. Pensé en irme a esquiar a los Alpes y mandar al infierno la función pulmonar. Pero la única nieve que llegué a tocar fue la del techo del Mercedes alquilado de mi mamá.

—Will —dice mi mamá con voz severa, interrumpiendo mi ensoñación—. ¿Me estás escuchando?

¿Es broma?

Volteo la cabeza para mirarla a ella y a la doctora Hamid, y asiento aunque no haya oído ni una sola palabra de lo que estaban diciendo. Repasan los primeros resultados de los ensayos desde que empecé el tratamiento hace una semana y, como de costumbre, nada ha cambiado.

—Debemos tener paciencia —dice la doctora Hamid—. La primera fase de ensayos médicos en humanos empezó hace apenas dieciocho meses.

Miro a mi mamá y veo cómo asiente con ansiedad, agitando su pelo corto arriba y abajo ante las palabras de la doctora. Me pregunto cuántos hilos habrá tenido que mover y cuánto dinero habrá malgastado para meterme en esto.

—Le estamos monitorizando, pero Will tiene que ayudarnos. Tiene que minimizar las variables de su vida —me mira fijamente, con la cara delgada y muy seria—. Will. Los riesgos de una infección son ahora todavía más altos, por lo tanto...

La interrumpo.

—No debo toser encima de otros enfermos de FQ. Ya entendí.

Frunce las cejas de color negro.

—No te acerques ni los toques. Por su seguridad, y por la tuya.

En broma, junto las manos a modo de súplica y recito la frase que a estas alturas ya debería ser el lema de la FQ.

—Seis pies a todas horas.

La doctora asiente.

—Lo entendiste.

—Lo que entiendo es la B. cepacia, cosa que hace que esta conversación sea inútil y vacía.

Y va a seguir siendo así durante mucho tiempo.

—¡No hay nada imposible! —dice la doctora Hamid de manera entusiasta. Mi mamá hace suya la frase.

—Yo lo creo. Tú también debes creerlo.

Sonrío de manera exagerada y levanto el pulgar, pero luego señalo hacia abajo y niego con la cabeza, borrando la sonrisa de mi rostro. Todo esto son bobadas.

La doctora Hamid se aclara la garganta y mira a mi mamá.

—Bueno. Esto se lo dejo a usted.

—Gracias, doctora Hamid —dice mi mamá y le estrecha la mano con ansiedad, como si acabara de firmar un contrato para su cliente más molesto.

La doctora Hamid me dedica una última sonrisa de labios cerrados antes de irse. Mi mamá voltea para mirarme, me perfora con la mirada y con su voz.

—Me costó un gran esfuerzo que entraras en este programa, Will.

Si por "esfuerzo" quiere decir firmar un cheque con el cual podrías pagar la universidad a todo un pueblo, entonces sí ha dedicado bastante esfuerzo a convertirme en una caja de Petri humana.

—¿Qué quieres? ¿Que te dé las gracias por meterme en otro hospital y seguir malgastando mi tiempo? —me levanto y me acerco hasta colocarme frente a ella—. Dentro de dos semanas cumpliré dieciocho. Seré legalmente adulto. Ya no llevarás las riendas.

Por un instante parece que la agarré desprevenida, pero sus ojos se entrecierran y me mira fijamente. Recoge la nueva gabardina de Prada de la silla junto a la puerta, se la pone y vuelve a mirarme.

—Te veo el día de tu cumpleaños.

Me asomo al umbral de la puerta para verla irse, sus tacones repiquetean por el pasillo. Se detiene en el mostrador de las enfermeras, donde Barb está repasando unos papeles.

—Tú eres Barb, ¿verdad? Deja que te dé mi número de celular —oigo que dice mientras abre el bolso y saca la cartera—. Si el Cevaflomalin no funciona, Will puede... dar problemas.

Como Barb no responde, saca una tarjeta de visita de la cartera.

—Ha pasado ya por tantas decepciones, que cree que le volverá a pasar. Si no se comporta, ¿me llamarás?

Pone la tarjeta sobre el mostrador y a continuación lanza un billete de quinientos como si estuviéramos en un restaurante elegante y yo fuera una mesa merecedora de una buena propina. Vaya. Genial.

Barb se queda mirando el dinero y luego alza las cejas.

—No es apropiado, ¿verdad? Lo siento. Hemos estado en tantos...

Se interrumpe a media frase. Barb recoge la tarjeta de visita y el dinero del mostrador y mira a mi mamá con la misma mirada determinada que me dirige cuando me obliga a tomar alguna medicina.

—No se preocupe. Está en buenas manos.

Devuelve el billete de quinientos a la mano de mi mamá, se mete la tarjeta de visita en el bolsillo y me busca con los ojos hasta encontrarme.

Me escondo en mi habitación, cierro la puerta a mis espaldas y me estiro el cuello de la camiseta. Camino a grandes pasos hacia la ventana, retrocedo y me siento en la cama, y luego vuelvo a la ventana, retiro las persianas. Las paredes se me echan encima.

Necesito salir. Necesito aire libre de antiséptico.

Abro la puerta del clóset para sacar una sudadera con gorra, me la pongo y espío la zona de enfermeras para ver si la costa está despejada.

No hay rastro de Barb ni de mi mamá, pero Julie está hablando por teléfono tras el escritorio, justo entre donde estoy yo y la puerta de salida que debe llevarme a la única escalera del edificio que conduce a la azotea.

Cierro la puerta con mucho cuidado y avanzo sigilosamente por el vestíbulo. Intento agacharme por debajo del mostrador de las enfermeras, pero un tipo de seis pies de estatura reptando por el suelo es tan sutil como un elefante con los ojos vendados. Julie levanta la vista y yo pego la espalda a la pared, fingiendo que me escondo. Ella entrecierra los ojos y se separa el teléfono de la boca.

—¿Adónde crees que vas?

Con los dedos, hago el gesto de estar caminando.

Ella sacude la cabeza, consciente de que me confinaron a la tercera planta cuando la semana pasada me quedé dormido junto a las máquinas de bebidas en el Edificio 2 y provoqué una verdadera cacería en el hospital. Junto las manos, hago un gesto de súplica y espero que mi desesperación sincera la convenza.

Al principio, nada de nada. Mantiene el rostro firme y la mirada impasible. Luego pone los ojos en blanco, me lanza una mascarilla e indica con las manos el camino a la libertad.

Gracias a Dios. Necesito salir de este infierno pintado de blanco más que ninguna otra cosa.

Le guiño el ojo. Por lo menos es humana.

Abandono el ala FQ, empujo la pesada puerta y bajo las escaleras de cemento de dos en dos, aunque los pulmones me arden después de apenas un piso. Tosiendo, me agarro del barandal de metal, dejo atrás el cuarto piso, y el quinto y luego el sexto, y finalmente llego a una gran puerta roja en la que se lee un aviso enorme: SALIDA DE EMERGENCIA. LA ALARMA SONARÁ CUANDO SE ABRA LA PUERTA.

Saco la cartera del bolsillo trasero del pantalón y extraigo el billete de veinte muy bien doblado que guardo para momentos como éste. Alargo el brazo y meto el billete en el interruptor de la alarma del marco para evitar que suene, y luego abro la puerta apenas una rendija y me deslizo a la azotea.

Entonces me agacho para colocar la cartera entre la puerta y el quicio para que no se cierre de golpe a mis espaldas. Aprendí la lección de la manera más terrible.

A mi mamá le daría un ataque al corazón si viera que utilizo la cartera Louis Vuitton que me regaló hace unos meses como tope para la puerta, pero fue un regalo realmente estúpido para alguien que sólo frecuenta cafeterías de hospital.

Por lo menos tiene alguna utilidad como tope.

Me levanto, respiro hondo e inmediatamente me pongo a toser cuando el aire frío y áspero del invierno penetra en mis pulmones. Aun así, estar afuera es agradable. No estar atrapado entre paredes monocromáticas.

Estiro las piernas y los brazos, contemplo el cielo gris pálido, los copos de nieve pronosticados que planean por fin por el aire y aterrizan sobre mis mejillas y mi pelo. Camino lentamente hacia el borde de la azotea y me siento sobre una piedra helada, columpiando las piernas sobre el vacío. Exhalo un suspiro que parece que haya estado reprimiendo desde que llegué aquí hace dos semanas.

Todo es precioso, desde lo alto.

Da igual en qué hospital esté, siempre encuentro el modo de salir a la azotea.

He visto desfiles desde el hospital en Brasil, personas convertidas en hormigas de colores que bailaban por las calles, salvajes y libres. He visto dormir a Francia, mientras la reluciente Torre Eiffel brillaba a lo lejos, las luces de los departamentos se apagaban en silencio y aparecía la luna perezosa. He visto las playas de California, el agua se extendía a lo largo de muchas millas, la gente disfrutaba de las olas perfectas a primera hora de la mañana.

Cada sitio es distinto. Cada sitio es único. Lo que es igual son los hospitales desde donde los contemplo.

Esta ciudad no es la alegría personificada pero parece acogedora. Tal vez por ello debería sentirme más cómodo, pero todavía me inquieta más. Probablemente porque por primera vez en ocho meses estoy muy cerca de mi casa. Mi casa. Donde viven Hope y Jason. Donde mis antiguos compañeros de clase se esfuerzan por aprobar los exámenes finales, para poder ir a las prestigiosas universidades que sus papás eligieron. Donde mi habitación, y toda mi maldita vida, permanece vacía y deshabitada.

Observo los faros de los coches que transitan por la carretera contigua al hospital, las luces parpadeantes de Navidad a la distancia, los niños que ríen y patinan en el estanque helado que hay junto a un pequeño parque.

Es algo muy simple. Una libertad que hace que me piquen las yemas de los dedos.

Recuerdo cuando Jason y yo éramos esos niños, patinábamos por el estanque helado que había cerca de su casa, y el frío nos calaba los huesos mientras jugábamos. Pasábamos horas ahí afuera, retándonos para ver quién patinaba más lejos sin caerse, tirándonos bolas de nieve, dibujando angelitos con el cuerpo.

Aprovechábamos al máximo cada minuto, hasta que mi mamá llegaba y me arrastraba de vuelta a casa.

Las luces se encienden en el patio del hospital, y al mirar abajo veo a una chica sentada en una habitación de la tercera planta, escribiendo sin parar en su computadora, con unos audífonos en los oídos, concentrada en la pantalla.

Un momento.

Entrecierro los ojos. Es Stella.

El viento frío me golpea el pelo. Me pongo la gorra y observo su rostro mientras escribe.

¿En qué estará trabajando? Es sábado por la noche.

En los videos se veía distinta. Me pregunto qué cambió. ¿Es por esto? ¿Por el rollo del hospital? Las pastillas y los tratamientos y las paredes blancas que te empujan y te ahogan lentamente, día a día.

Me levanto, hago equilibrios por el borde de la azotea, observo el patio siete pisos más abajo y, por un instante, imagino la ingravidez, el abandono absoluto de la caída. Veo a Stella mirar por la ventana y nuestros ojos se encuentran justo en el momento en que una fuerte ráfaga de viento me arrebata el aire. Intento respirar, pero mis pulmones de mierda apenas aspiran oxígeno.

El poco aire que respiro se me pega a la garganta y empiezo a toser. Con fuerza.

La caja torácica aúlla, la tos extrae cada vez más aire de los pulmones, y los ojos empiezan a llenarse de agua.

Por fin consigo recuperar un poco el control, pero…

La cabeza me da vueltas, los contornos de la visión se vuelven negros.

Tropiezo, desconcertado, sacudo la cabeza e intento concentrarme en la puerta roja de salida o en el suelo o en cualquier cosa. Me miro las manos, con la esperanza de que la negritud desaparezca, que el mundo vuelva a hacerse visible, consciente de que el vacío, el borde de la azotea, está apenas a una pulgada de distancia.

5

Stella

Abro de golpe la puerta que da al hueco de la escalera y me abotono la chamarra mientras subo rápidamente los escalones que llevan a la azotea. El corazón me late tan deprisa en los oídos que apenas oigo el sonido de mis pasos a medida que voy subiendo.

Está demente.

Me lo imagino ahí arriba, a punto de caer siete pisos en picada hacia una muerte segura, con el terror pintado en cada rasgo de su rostro. Nada más lejos de la sonrisa confiada que lucía antes.

Resollando, dejo atrás el quinto piso, me detengo un instante para recuperar el aliento y con las palmas sudadas de las manos me agarro al frío barandal metálico. Miro hacia arriba por el hueco de la escalera, al último piso, y la cabeza me da vueltas y me quema la garganta. Ni siquiera me dio tiempo de tomar el oxígeno portátil. Sólo faltan dos pisos. Dos más. Me obligo a seguir subiendo, mi cerebro da órdenes a mis pies: derecho, izquierdo, derecho, izquierdo, derecho, izquierdo.

Por fin tengo a la vista la puerta de la azotea, abierta por una rendija, bajo una alarma roja y brillante que debe de estar a punto de dispararse.

Entonces lo veo. Hay un billete de veinte doblado que sujeta el interruptor, evitando que suene la alarma y que todo el hospital sepa que un loco con fibrosis quística y tendencias autodestructivas está colgando del techo.

Sacudo la cabeza. Tal vez esté loco, pero es listo.

La puerta se mantiene abierta gracias a una cartera, y cruzo lo más rápido que puedo, asegurándome de que el billete de veinte permanezca bien colocado sobre el interruptor. Me detengo en seco, y respiro hondo por primera vez en cuarenta y ocho escalones. Miro al otro extremo de la azotea y me alivia ver que se alejó a una distancia segura del borde y no se mató cayendo al vacío. Voltea para mirarme al oírme resollar, con una expresión de sorpresa en el rostro. Me arropo con la bufanda roja, el aire frío me muerde la cara y el cuello, y miro al suelo para ver si la cartera sigue bien colocada en el quicio de la puerta antes de abalanzarme sobre él.

—¿Tienes impulsos suicidas? —le grito, deteniéndome a una distancia de ocho pies, más que segura. Tal vez él los tenga, pero yo seguro que no.

Tiene las mejillas y la nariz rojas a causa del frío, y una fina capa de nieve se posó sobre el pelo castaño y ondulado y sobre la gorra de la sudadera de color borgoña. Con esta pinta, casi parece que no es un idiota.

Pero entonces se pone a hablar otra vez.

Se encoge de hombros con indiferencia e indica con la mano el borde del techo.

—Tengo los pulmones hechos una mierda. O sea que, mientras pueda, voy a disfrutar de la vista.

Qué poético.

¿Acaso esperaba algo diferente?

Miro a sus espaldas y a lo lejos veo el perfil parpadeante de la ciudad, las luces de Navidad que cubren cada pulgada de cada árbol, más brillantes que nunca, dando vida al parque de abajo. Hay algunas atadas incluso a lo largo de los árboles, creando un pasadizo mágico bajo el cual puedes pasear con la boca abierta y la cabeza hacia atrás.

En todos los años que llevo aquí, nunca había estado en la azotea. Temblando de frío, me ajusto la chamarra, me rodeo el cuerpo con los brazos y lo miro de nuevo.

—Por muy bonita que sea la vista, ¿es necesario arriesgarse a caer siete pisos? —le pregunto, genuinamente asombrada de que a alguien con los pulmones defectuosos se le ocurra hacer una excursión a la azotea en pleno invierno.

Sus ojos azules se iluminan y me hacen cosquillas en el estómago.

—¿Alguna vez has visto París desde una azotea, Stella? ¿O esto, incluso? Es la única manera de pensar que todo el rollo del tratamiento es algo insignificante.

—¿El rollo del tratamiento? —pregunto, avanzando unos pasos hacia él. Seis pies de distancia. Es el límite—. Ese rollo del tratamiento es lo que nos mantiene vivos.

Él resopla y pone los ojos en blanco.

—Ese rollo del tratamiento es lo que nos impide estar ahí abajo viviendo de verdad.

Me hierve la sangre.

—¿Eres consciente de la suerte que tienes de haber entrado en estos ensayos clínicos? Pero claro, lo das por sentado. Sólo eres un niño malcriado y privilegiado.

—Un momento, ¿cómo sabes lo de los ensayos? ¿Estuviste investigándome?

Ignoro sus preguntas y continúo.

—Si te importan tan poco, vete —le digo—. Deja que otra persona ocupe tu lugar. Alguien que quiera vivir.

Lo miro, observo los copos que caen en el espacio que se abre entre nosotros y desaparecen al aterrizar sobre la nieve que se acumula bajo nuestros pies. Nos quedamos mirando en silencio, y entonces él se encoge de hombros, con una expresión impenetrable. Da un paso atrás, acercándose otra vez al borde.

—Tienes razón. De todos modos me estoy muriendo.

Entrecierro los ojos. No será capaz. ¿Verdad?

Otro paso atrás. Y otro más, y sus pies crujen sobre la nieve recién caída. Me mira fijamente, retándome a decir algo, a detenerlo. Desafiándome a suplicarle.

Más cerca. Casi al borde.

Respiro con brusquedad, el frío me raspa el interior de los pulmones.

Él cuelga un pie sobre el vacío y se me hace un nudo en la garganta. No puede…

—¡Will! ¡No! ¡Detente! —grito, acercándome a él, el corazón me late en los oídos.

Se detiene, con la pierna colgando fuera del límite. Un paso más y hubiera caído. Un paso más y hubiera…

Nos quedamos mirando en silencio. Los ojos azules parecen curiosos, interesados. Y entonces se ríe, con una risa sonora y profunda y salvaje, tan familiar que es como si metiera el dedo en la llaga.

—Ay, Dios mío. Esa expresión no tiene precio —imita mi voz—. ¡Will! ¡No! ¡Detente!

—¿Es broma? ¿Cómo te atreves? ¡Matarte de una caída no es ninguna broma!

Noto que me tiembla el cuerpo entero. Me clavo las uñas en la palma de la mano, intentando detener el temblor al tiempo que le doy la espalda.

—¡Por favor, Stella! —me llama—. Vamos, Stella. Sólo estaba bromeando.

Abro la puerta de la azotea y paso por encima de la cartera, ansiosa por poner el máximo espacio posible entre los dos. ¿Por qué me molesté? ¿Por qué subí hasta ahí para ver si estaba bien? Bajo corriendo los primeros escalones, levanto la mano y me doy cuenta… de que olvidé ponerme la mascarilla.

Yo nunca olvido ponerme la mascarilla.

Voy más despacio hasta detenerme del todo porque se me acaba de ocurrir una idea. Vuelvo a subir hasta la puerta, retiro lentamente el billete de veinte del interruptor de la alarma, me lo meto en el bolsillo y vuelvo a bajar volando a la tercera planta del hospital.

Apoyada contra la pared de ladrillo, recupero el aliento antes de quitarme la chamarra y la bufanda, abro la puerta y me dirijo con paso seguro a mi habitación, como si volviera de una de mis visitas a Neonatología. En algún lugar, a lo lejos, la alarma de la azotea se dispara. Will abrió la puerta para volver a entrar, y el pitido distante pero penetrante resuena por el hueco de la escalera y reverbera por el pasillo.

No puedo evitar una sonrisa.

En la zona de enfermeras, Julie tira la carpeta de un paciente sobre el escritorio, sacude la cabeza y murmura para sí misma:

—¿La azotea? ¿Will? ¿En serio?

Es bueno saber que no soy la única a la que está volviendo loca.

Miro por la ventana, veo la nieve que cae bajo la luz fluorescente de los faroles del patio, el pasillo por fin quedó en silencio tras el regaño de una hora que Will tuvo que soportar. Echo un vistazo al reloj y veo que apenas son las ocho, lo que me da tiempo de sobra para trabajar en el número 14 de mi lista de asuntos pendientes: "Preparar la aplicación para las pruebas beta", y en el número 15: "Completar la tabla de dosificación para diabetes", antes de meterme en la cama.

Consulto rápidamente el Facebook antes de comenzar y veo una notificación de color rojo que incluye una invitación para un "Fiestón en la Playa, Viaje de Graduación", el viernes por la noche en Los Cabos. Doy clic en la página y veo que utilizaron la descripción que yo redacté cuando todavía lo estaba organizando, y no sé si eso me hace sentir mejor o peor. Repaso la lista de personas que van a asistir y veo las fotos de Camila y Mya, y la de Mason (ahora sin Brooke), seguidas de las fotos de una docena de compañeros de clase que ya confirmaron su asistencia.

Mi iPad empieza a sonar, porque entra una llamada de FaceTime. Es Camila. Parece que saben que estoy pensando en ellas. Sonrío y deslizo el icono hacia la derecha para aceptar la llamada, y estoy a punto de quedarme ciega cuando el sol deslumbrante de la playa cristalina donde mis amigas están sentadas irrumpe en la pantalla del iPad.

—¡Muy bien, ahora estoy oficialmente celosa! —digo cuando el rostro bronceado de Camila se hace visible.

Mya arremete para sacar la cabeza por encima del hombro de Camila, y su pelo rizado irrumpe en el marco. Lleva el traje de baño de cuerpo entero de puntos que le ayudé a elegir, pero parece que no hay tiempo para cumplidos.

—¿Hay algún guapo, por ahí? Y no te atrevas a decir…

—Sólo Poe —decimos las dos al mismo tiempo.

Camila se encoge de hombros y se coloca bien los lentes.

—Poe cuenta. ¡Es tan GUAPO!

Mya resopla y clava un codazo a Camila.

—El interés que Poe siente por ti es del cero por ciento, Camila.

Camila le da un puñetazo en el hombro, en broma, y luego me mira con los ojos entrecerrados.

—Ay, Dios mío. ¿Hay alguien? Stella, ¿hay un guapo, en el hospital?

Pongo los ojos en blanco.

—Él no es guapo.

—¡Él!

Ambas se retuercen de placer, y ya sufro por la catarata de preguntas que está a punto de caer sobre mí.

—¡Tengo que colgar! ¡Hablamos mañana! —digo a pesar de sus protestas, y termino la llamada. El episodio de la azotea todavía es muy reciente y se me hace raro hablar de él. La página de la fiesta playera en Los Cabos vuelve a aparecer en la computadora. Apunto a la opción "No asistirá" pero todavía no me decido a darle clic, de modo que cierro la página y hago aparecer el Estudio Visual.

Abro el proyecto en el cual estoy trabajando y empiezo a pasar líneas y más líneas de códigos, y ya noto que se me relajan los músculos. Descubro un error en la línea 27, donde puse una c en vez de una x como variable, y también falta un signo de igual en la línea 182, pero aparte de esto la aplicación parece lista para traducirse a beta. Casi no puedo creerlo. Más tarde lo celebraré con un trozo de pudín.

Intento pasar a completar la tabla de dosificación para diabetes en mi hoja de cálculo de enfermedades crónicas más predominantes, repasando las diversas edades, pesos y medicaciones. Pero pronto me descubro mirando fijamente las columnas en blanco, repicando con las yemas de los dedos el borde de la computadora, y la mente a un millón de millas de distancia.

Concéntrate.

Tomo la libreta de notas, tacho el número 14 e intento disfrutar de la sensación de calma que normalmente sigue cuando termino alguna de las tareas pendientes de la lista, pero no llega. Me quedo helada cuando el lápiz se cierne sobre el número 15 y observo las columnas y las hileras en blanco de la hoja de cálculo. "Dosificación completa para diabetes."

Sin terminar. Vaya.

Lanzo la libreta sobre la cama, y la inquietud y la ansiedad me invaden el estómago. Me levanto, voy hacia la ventana y abro las persianas.

Mis ojos viajan hasta la azotea, al punto donde antes vi a Will. Cuando lo alcancé volvía a ser el de siempre, pero el ataque de tos y los temblores eran auténticos. Y el miedo también.

El Sr. "La Muerte Nos Llegará a Todos" no quería morir.

Nerviosa, me dirijo al carrito de las medicinas, con la esperanza de que la tarea "medicinas-de-antes-de-ir-a-dormir" de la lista de asuntos pendientes me ayude a tranquilizarme. Golpeo con los dedos la parte metálica del carrito mientras observo el mar de frascos, y vuelvo a mirar por la ventana, a la azotea, y otra vez a los frascos.

¿Estará siguiendo el tratamiento?

Seguro que Barb lo obliga a tomarse la mayoría de las medicinas, pero no puede estar presente en cada una de las dosis. Puede amarrarle el chaleco Afflo, pero no puede saber si lo lleva puesto la media hora entera.

Es probable que no esté siguiendo el tratamiento.

Trato de poner las medicinas en el orden por el cual las tomo, pero los nombres se difuminan. En vez de estar tranquila, me siento cada vez más frustrada. La rabia me sube por las sienes.

Forcejeo con el tapón de un diluyente de mucosidades, aprieto con todas mis fuerzas e intento arrancarlo.

No quiero que se muera.

Esta idea sube a lo más alto de la montaña de la frustración y planta una bandera, de un modo tan claro y sorprendente que no alcanzo a comprenderlo. Vuelvo a imaginar a Will acercándose al borde de la azotea. Y aunque sea de lo peorcito...

No quiero que se muera.

Retuerzo el frasco con fuerza y el tapón sale volando, y las pastillas se derraman por todo el carrito. Enojada, estampo el frasco contra la bandeja y las píldoras vuelven a saltar.

—¡Maldita sea!

6

Will

Abro la puerta de mi habitación y me sorprende encontrarme a Stella con la espalda apoyada contra la pared, al otro extremo del pasillo. Después del numerito de ayer, pensé que no querría saber nada de mí durante MÍNIMO una semana. Lleva puestas por lo menos cuatro mascarillas y dos pares de guantes, y aprieta fuertemente con los dedos el barandal de la pared. Cuando se mueve, noto un aroma de lavanda.

Huele bien. Seguramente es mi nariz, que ansía algo que no sea blanqueador.

Sonrío.

—¿Eres mi proctóloga?

Por lo poco que puedo ver de su cara, creo que me dirige una mirada gélida. Se inclina para mirar a mis espaldas, al interior de mi habitación. Miro atrás para ver qué es lo que le interesa tanto. Los libros de arte, el chaleco Afflo colgado del borde de la cama desde que me lo quité en cuanto Barb salió, el cuaderno de dibujo sobre la mesa. Eso es todo.

—Lo sabía —dice por fin, como si acabara de confirmar la solución de un gran caso de Sherlock Holmes. Me enseña la mano con doble guante—. Déjame ver tu régimen.

—Es una broma, ¿verdad?

Nos quedamos mirando, sus ojos cafés me atraviesan como dagas mientras yo intento lanzarle una mirada igual de intimidatoria. Pero estoy aburridísimo y la curiosidad me gana. Pongo cara de resignación y me volteo para rebuscar una hoja de papel que probablemente ya esté en algún vertedero.

Retiro unas revistas y miro debajo de la cama. Agito las páginas de un par de cuadernos e incluso miro bajo la almohada para continuar el show, pero no lo veo por ninguna parte.

Me enderezo y sacudo la cabeza.

—No lo encuentro. Lo siento. Adiós.

Pero ella no se mueve y cruza los brazos desafiante, negándose a irse.

De modo que sigo buscando y mis ojos revisan la habitación mientras Stella, desde el pasillo, da golpecitos de impaciencia con el pie. Es inútil. No creo que... un momento.

Hay una libreta de bolsillo encima de la cómoda, y la hoja del régimen está metida en la parte de atrás, perfectamente doblada y sobresaliendo de las páginas.

Mi mamá debió de esconderla para evitar que terminara en el bote de la basura.

Papel en mano, vuelvo hacia la puerta y se lo enseño.

—No es que sea asunto tuyo...

Stella me arrebata el papel y vuelve a pegar la espalda a la pared. Veo cómo estudia furiosa las columnas y las hileras que convertí en una caricatura bastante vulgar, al estilo de uno de los niveles de Donkey Kong, mientras mi mamá y la doctora Hamid conversaban. Las escaleras apoyadas contra la información de dosificación, los barriles rodantes rebotando contra los nombres de los tratamientos, la damisela en apuros gritando ¡SOCORRO! en la parte superior izquierda, junto a mi nombre. Inteligente, ¿verdad?

—¿Qué es esto? ¿Por qué lo hiciste?

Está claro que ella no lo encuentra inteligente.

—¿Son así, los aneurismas? ¿Quieres que llame a Julie?

Me tira el papel, con una expresión enfurecida.

—Eh —digo, levantando las manos—. Ya me di cuenta de que tienes complejo de heroína salvadora del mundo, pero a mí no me metas en esto.

Stella sacude la cabeza.

—Will, estos tratamientos no son opcionales. Estas medicinas no son opcionales.

—Supongo que por eso siguen metiéndomelas por la garganta.

Para ser justos, cualquier cosa puede ser opcional si eres lo bastante creativo.

Stella sacude la cabeza, levanta las manos y se va por el pasillo.

—¡Me estás volviendo loca!

Las palabras de la doctora Hamid aparecen por sorpresa en mi cabeza. "No te acerques ni los toques. Por su seguridad, y por la tuya." Saco una mascarilla de la caja cerrada que Julie ha dejado junto a la puerta y salgo corriendo tras ella.

Miro a un lado y veo a un chico bajito, con el pelo castaño, la nariz afilada y las mejillas aún más afiladas, que asoma la cabeza por la puerta de la habitación 310, arqueando las cejas con curiosidad mientras yo persigo a Stella por el pasillo hasta el elevador. Ella llega primero, entra y voltea para mirarme mientras pulsa el botón. Hago además de entrar tras ella, pero me detiene con un gesto.

—A seis pies.

Mierda.

Se cierran las puertas y pateo con impaciencia, pulsando el botón una y otra vez mientras observo cómo el elevador escala a paso firme hasta el quinto piso y luego vuelve a bajar lentamente a buscarme. Nervioso, miro al mostrador de las enfermeras, salto rápidamente al interior del elevador y aprieto con violencia el botón para cerrar. Al verme a mí mismo reflejado en el metal borroso del elevador, recuerdo la mascarilla que llevo en el bolsillo y me la coloco, de camino a la quinta planta. Esto es una estupidez. ¿Se puede saber por qué estoy siguiendo a Barb Jr.?

Suena una campanilla y la puerta se abre lentamente, recorro el pasillo a buen paso y cruzo el puente que conduce a la entrada este de Neonatología, esquivando a unos cuantos médicos por el camino. Todos tienen cosas que hacer, de modo que nadie me detiene. Tras abrir suavemente la puerta, observo a Stella durante un momento. Me dispongo a preguntarle de qué demonios se trató lo de antes, pero de pronto veo que tiene una expresión sombría. Seria. Me detengo a una distancia prudente y miro al bebé, que sigue teniendo más tubos y cables que brazos y piernas.

Veo el pecho diminuto que lucha por subir y bajar, que se esfuerza por seguir respirando. Noto en mi pecho el latido de mi corazón, los pulmones débiles que intentan llenarse de aire, vacíos tras mi carrera enloquecida por el hospital.

—Lucha por su vida —dice por fin, mirando mi reflejo en el cristal—. Él no sabe lo que le espera ni por qué lucha. Lo hace… por instinto, Will. Tiene el instinto de luchar. De vivir.

El instinto.

Perdí ese instinto hace mucho tiempo. Tal vez fue en el decimoquinto hospital, el de Berlín. Tal vez fue hace ocho meses, cuando contraje la B. cepacia y me eliminaron de la lista de trasplantes. Las posibilidades son infinitas.

Se me tensa la mandíbula.

—Escucha, no soy la persona adecuada para oír un discurso tan inspirador…

—Por favor —me interrumpe y voltea para mirarme con una expresión sorprendentemente desesperada—. Necesito que sigas el régimen. Estricta y completamente.

—Creo que no escuché bien. ¿Qué acabas de decir, por favor? —digo, intentando esquivar el tono grave de la conversación. Pero su expresión no cambia. Sacudo la cabeza, me acerco un poco más a ella, pero no demasiado. Ocurre algo.

—Ok. En serio. ¿Qué está pasando? No me voy a burlar.

Ella respira hondo, retrocede dos pasos para compensar mi paso adelante.

—Estoy… obsesionada con el control. Necesito saber que todo está en orden.

—¿Y? ¿Qué tiene eso que ver conmigo?

—Sé que no estás siguiendo los tratamientos —se apoya en el cristal y sigue mirándome—. Y eso me desquicia. Mucho.

Me aclaro la garganta, miro al bebé pequeño y desvalido al otro lado del cristal. Siento un aguijonazo de culpa, aunque no tenga ningún sentido.

—A ver, me encantaría ayudarte. Pero lo que me estás pidiendo… —niego con la cabeza, me encojo de hombros—. Bueno… no sé cómo hacerlo.

—Tonterías, Will —dice ella, pateando el suelo—. Todos los enfermos de FQ saben administrar sus propios tratamientos. A los doce años somos prácticamente médicos.

—¿Incluso nosotros, los niños malcriados y privilegiados? —la desafío, arrancándome la mascarilla. El comentario no le gustó, y su expresión sigue siendo frustrada, angustiada. No sé cuál es el verdadero problema, pero está claro que le carcome. Aquí hay algo más que un problema de control. Respiro y dejo de hacerme el idiota—. ¿Hablas en serio? ¿Te estoy sacando de quicio?

Ella no responde. Nos quedamos plantados y mirándonos en silencio, y algo que roza la comprensión nace entre nosotros. Por fin, retrocedo un paso y vuelvo a colocarme la mascarilla en señal de paz. Me apoyo contra la pared.

—Ok. De acuerdo —digo, sin dejar de observarla—. Si yo accedo a esto, ¿qué consigo a cambio?

Ella entrecierra los ojos y se ajusta la sudadera de color gris. El pelo le cae sobre los hombros y sus ojos muestran cada pequeño sentimiento que alberga.

—Quiero dibujarte —digo, sin poder contenerme.

—¿Cómo? —dice ella, y sacude la cabeza de manera insistente—. No.

—¿Por qué no? —pregunto—. Eres muy guapa.

Mierda. Se me escapó. Se me queda viendo, algo sorprendida y, a menos que me lo esté imaginando, bastante complacida.

—Gracias, pero para nada.

Me encojo de hombros y me encamino a la puerta.

—Entonces supongo que no hay trato.

—¿No puedes intentar ser un poco más disciplinado? ¿Atenerte al régimen? ¿Aunque sea para salvarte la vida?

Me paro en seco y me le quedo viendo. No entiende.

—Nada me va a salvar la vida, Stella. Ni la tuya —sigo caminando por el pasillo, hablando por encima del hombro—. En este mundo, todos respiramos aire prestado.

Empujo la puerta y estoy a punto de irme, cuando su voz resuena a mis espaldas.

—¡Muy bien, de acuerdo!

Volteo, sorprendido, y la puerta se cierra de nuevo.

—Pero nada de desnudos —añade. Se quita la mascarilla y veo que sus labios esbozan una sonrisa. La primera que me regala. Está bromeando.

Stella Grant está bromeando.

Me río y niego con la cabeza.

—Vaya. Sabía que encontrarías la manera de quitarle la parte divertida.

—Nada de posar durante horas interminables —añade, y vuelve a mirar al bebé prematuro, con expresión seria—. Y en cuanto al régimen, lo haremos a mi manera.

—Trato hecho —digo, consciente de que cualquiera que sea su manera va a ser una auténtica flojera—. Te diría que lo refrendáramos con un apretón de manos, pero…

—Muy gracioso —me interrumpe. Me mira y luego hace un gesto hacia la puerta—. Lo primero que debes hacer es poner un carrito de medicina en tu cuarto.

Hago un saludo militar.

—A la orden. Carrito de medicina en el cuarto.

Abro la puerta y me despido con una gran sonrisa que me dura todo el camino al elevador. Saco el celular y envío un rápido mensaje a Jason: Alucina, hermano: tregua con la chica de la que te hablé.

A Jason le encantan las historias que le he contado sobre ella. Lloró de risa cuando le expliqué lo del incidente de la alarma.

El teléfono vibra con su respuesta justo cuando el elevador frena para detenerse en el tercer piso: Será por tu atractivo. Por tu personalidad encantadora, seguro que no.

Me meto el celular en el bolsillo, me asomo a comprobar que el mostrador de las enfermeras sigue vacío y salgo del elevador. Un fuerte golpetazo procedente de una puerta abierta me sobresalta.

—Ay, mierda —dice una voz desde el interior.

Asomo la cabeza y veo al tipo del pelo oscuro, vestido con unos pantalones de pijama de franela y camiseta de Food Network. Está sentado en el suelo, junto a una patineta volcada, y se frota el codo, producto sin duda de una caída.

—Ah, hola —dice, levantándose y recogiendo la patineta—. Te perdiste el espectáculo.

—¿Haces piruetas aquí adentro?

Se encoge de hombros.

—No hay un lugar más seguro para romperse una pierna. Además, Barb apenas acabó el turno.

Bien visto.

—Tiene sentido —me río y levanto la mano para saludarlo—. Me llamo Will.

—Poe —responde él, sonriente.

Sacamos unas sillas de las habitaciones y nos sentamos en las puertas respectivas. Resulta agradable hablar con alguien que no esté permanentemente enojado conmigo.

—¿Qué te trae por Saint Grace? No te había visto antes. Stell y yo conocemos prácticamente a todos los pacientes.

¿Stell? ¿Tan amigos son?

Me reclino en la silla, la inclino contra el marco de la puerta y trato de lanzar la bomba de la B. cepacia con la máxima naturalidad posible.

—Ensayo clínico experimental. B. cepacia.

Suelo evitar contárselo a los enfermos de FQ porque luego hacen lo posible por evitarme como si tuviera la peste.

Se le agrandan los ojos, pero no sale corriendo. Se limita a hacer rodar la patineta con los pies, adelante y atrás.

—¿B. cepacia? Eso es duro. ¿Cuánto hace que la contrajiste?

—Ocho meses, aproximadamente —respondo. Recuerdo despertarme una mañana con más problemas respiratorios de lo normal y que luego no podía parar de toser. Mi mamá, obsesionada con cada aliento que he respirado en mi vida, me llevó enseguida al hospital para que me hicieran unas pruebas. Aún oigo sus tacones repicando sonoramente tras la camilla y su voz dando órdenes al personal como si fuera la jefa de cirugía.

Siempre pensé que era obsesiva, antes de que nos dieran los resultados. Reaccionaba exageradamente con cada ataque de tos o con cada bocanada de aire, no me dejaba ir a la escuela y me obligaba a cancelar mis planes para ir a visitas médicas o al hospital sin motivo alguno.

Una vez, en tercero, participé en una actuación obligatoria con el coro de escuela, y me dio un ataque de tos en plena interpretación lastimosa de "This Little Light Of Mine". Mi mamá detuvo el concierto a media canción y me sacó a rastras del escenario para que me hicieran una revisión.

Pero no sabía lo bien que estaba. Las cosas son mucho peores ahora. Hospital tras hospital, experimento clínico tras experimento clínico. Cada semana un nuevo intento de solucionar el problema, de curar lo incurable. Cada minuto sin un análisis intravenoso o sin hablar del siguiente paso es un minuto perdido.

Nada de esto me devolverá a la lista de trasplantes de pulmón. Y cada semana que malgastamos, mi función pulmonar se malgasta también.

—La colonización fue rapidísima —explico a Poe, volviendo a colocar las patas delanteras de la silla sobre el suelo—. Un día estaba en lo más alto de la lista de trasplantes, y un cultivo faríngeo más tarde... —me aclaro la garganta, intentando disimular la decepción, y me encojo de hombros—. Da igual.

No tiene sentido obcecarme por lo que podría haber sido.

Poe resopla.

—Bueno, estoy seguro de que esa actitud —imita mi gesto de que me vale— es la que pone a Stella de nervios...

—Veo que la conoces bien. Pero ¿qué onda con eso? Ella dice que es una obsesa del control, pero...

—Llámalo como quieras, pero Stella tiene las ideas muy claras —deja de hacer rodar la patineta y me sonríe de oreja a oreja—. Es cierto que me mantiene a raya.

—Es una mandona.

—No, es la jefa —dice Poe, y comprendo por la expresión de su cara que está hablando muy en serio—. Ha estado conmigo en las buenas y en las malas, hermano.

Ahora sí que siento curiosidad. Entrecierro los ojos.

—¿Alguna vez...?

—¿Ligamos? —dice Poe, ladeando la cabeza para reír—. Ay, hermano. ¡Qué va! No. No. No.

Me le quedo viendo. Ella es guapa. Y está claro que él la aprecia. Mucho. Cuesta creer que ni siquiera lo haya intentado.

—Para empezar, los dos estamos enfermos de FQ. No podemos tocarnos —dice. Ahora me dirige él a mí una mirada calculadora—. No vale la pena morir por sexo, si quieres saber mi opinión.

Resoplo y sacudo la cabeza. Está claro que la situación sexual de los pacientes de esta ala es envidiable. Por alguna razón, todos piensan que, por el simple hecho de tener una enfermedad o un trastorno, te conviertes en un santo.

Cosa que es una mentira total.

En todo caso, la FQ ha mejorado mi vida sexual. Además, una de las ventajas de moverme tanto es que no permanezco lo bastante en el mismo lugar como para sentir afecto por nadie. Jason parece bastante contento desde que se enamoró de Hope, pero yo no necesito más cosas serias en mi vida.

—En segundo lugar, siempre ha sido mi mejor amiga —dice, devolviéndome al presente. Juraría que le lloran un poco los ojos.

—Creo que la amas —lo provoco.

—Ah, obvio. La adoro —responde Poe como si fuera algo evidente—. Me tumbaría sobre un carbón en llamas por ella. Le daría mis pulmones si valieran una mierda.

Maldita sea. Intento ignorar los celos que me invaden el pecho.

—Entontes no entiendo. ¿Por qué…?

—Ella no es un él —dice Poe, interrumpiéndome.

Tardo un poco en entenderlo, pero cuando lo hago me río y sacudo la cabeza.

—Vaya cagada, hermano.

No sé por qué estoy tan aliviado, pero lo estoy. Miro el pizarrón que cuelga de la puerta, sobre su cabeza, y veo que hay un gran corazón dibujado.

Si Stella hace tantos esfuerzos por mantenerme también a mí con vida, no debe de odiarme del todo, ¿verdad?

7

Stella

—Dame diez minutos —digo, cerrando la puerta y dejando a Will y a Poe en el pasillo.

Estudio la habitación de Will mientras la aplicación se va descargando en su celular y veo que la nota que le pasé esta mañana por debajo de la puerta descansa sobre la cama. "Escríbeme cuando tengas el carrito de las medicinas. (718) 555 3295. Pasaré esta tarde a prepararlo todo."

Sabía que no iba a ser fácil, sobre todo porque Will y Barb no se llevan demasiado bien y ella no lo hubiera defendido, pero él se saltó ese paso y consiguió engatusar a la doctora Hamid. Recojo la nota y veo que dibujó una caricatura a lo largo de todo el borde, donde sale Barb muy enojada con su habitual bata multicolor, empujando un carrito y gritando: ¡QUE NO LO TENGA QUE LAMENTAR!

Sacudo la cabeza, sonrío y devuelvo la nota al lugar donde estaba, y luego me dirijo al carrito propiamente dicho. Reordeno algunos frascos de pastillas, asegurándome de que todo está en el mismo orden cronológico que programé en la aplicación después de hacer una referencia cruzada con su régimen tapado por Donkey Kong.

Compruebo en su computadora cuánto falta para que se complete la descarga del enlace e intento no respirar más de lo necesario en esta habitación cargada de B. cepacia.

Ochenta y ocho por ciento completado.

Mi corazón da un brinco al oír un ruido al otro lado de la puerta y retiro la mano del teclado, temerosa de que nos hayan descubierto. *Por favor, que no sea Barb. Por favor, que no sea Barb.* Es la hora de la comida, pero si hoy ha decidido volver antes para adelantar las rondas del lunes por la tarde, me va a matar.

Los pasos de Will resuenan arriba y abajo, arriba y abajo por delante de la entrada. De puntitas, voy hacia la puerta y pego la oreja. Para mi alivio, sólo oigo las voces de ellos dos.

—Lo borraste todo, ¿verdad? —dice Poe.

—Por supuesto. Dos veces, para asegurarme —le responde Will—. Esto no fue idea mía, ya lo sabes.

Me ajusto el traje de aislamiento por encima de la bata desechable, abro la puerta de golpe y los miro suspicazmente desde detrás de las gafas de protección.

Poe da una vuelta sobre la patineta para mirarme.

—Caramba, Stella. ¿Ya te dije lo guapa que estás hoy?

Por tercera vez, Will y él se ríen de mi traje de aislamiento improvisado. Los miro disgustada y observo el pasillo desierto.

—¿Todo tranquilo por aquí?

Poe arranca con la patineta y pasa lentamente por delante del mostrador de las enfermeras. Echa un vistazo.

Hace un gesto con los dos pulgares.

—Pero date prisa.

—¡Ya casi termino! —digo, y vuelvo a escabullirme en la habitación y cierro la puerta.

Observo el carrito de la medicina y suspiro de alivio al ver lo meticulosamente ordenado que está. Veo el escritorio en donde está la computadora de Will, que está fatal. Me acerco y recojo un puñado de lápices de colores para colocarlos en el lapicero, donde corresponde. Enderezo las revistas y los cuadernos de bocetos, asegurándome de que quedan ordenados por tamaño, y al hacerlo, cae un trozo de papel.

Es el dibujo de un chico que se parece mucho a Will. Con un globo en cada mano, aspira el aire de los globos en unos pulmones que parecen desinflados, y tiene la cara roja por el esfuerzo. Sonrío al leer el pie del dibujo: "Respira".

Es muy bueno.

Repaso suavemente con el dedo los pulmones dibujados de Will, como suelo hacer con el dibujo de Abby. Los dedos enguantados tocan la pequeña caricatura, la mandíbula puntiaguda, el pelo despeinado, los ojos azules, la misma sudadera de color borgoña que llevaba en la azotea.

Lo único que falta es la sonrisa.

Miro a la pared y me doy cuenta de que sólo tiene una caricatura vieja colgada encima de la cama. Saco una tachuela de un pequeño bote y clavo este dibujo en la pared, debajo del otro.

Suena la computadora y yo parpadeo, retirando rápidamente la mano. Descarga completada. Doy media vuelta, voy hasta el escritorio y desconecto su celular. Lo recojo todo, abro la puerta y ofrezco el teléfono al Will no caricaturizado.

Él alarga la mano para agarrarlo, y se ajusta la mascarilla con la otra mano.

—Creé una aplicación para las enfermedades crónicas. Historiales médicos, horarios —me encojo de hombros como si fuera lo más natural del mundo—. Te avisará cuando necesites tomarte las pastillas o hacer un trata...

—¿Creaste una aplicación? ¿Creado creado? —me interrumpe, sorprendido, mirándome a mí y luego al celular. Tiene los ojos azules muy abiertos.

—Flash informativo. Las chicas son capaces de codificar.

Suena su celular y veo cómo aparece el frasco de pastillas animado en la pantalla.

—Ivacaftor. Ciento cincuenta miligramos —comento.

Maldita sea, ya me encuentro mejor.

Arqueo las cejas, y por una vez Will me mira sin burlarse de mí. Está impresionado. Bien.

—Es una aplicación tan sencilla que hasta los chicos la entienden.

Me voy, balanceando con seguridad las caderas inexistentes, y noto que me arden las mejillas al dirigirme al lavabo público del otro extremo de la planta, el que no utiliza nadie.

Se enciende la luz en cuanto cierro la puerta a mis espaldas. Me quito los guantes y tomo unos pañuelos desinfectantes de un contenedor redondo que hay junto a la puerta.

Me froto las manos tres veces. Exhalando lentamente, me quito todo lo que llevo puesto: las botas, el gorro, la mascarilla, la bata y el traje. Lo tiro todo a la basura y cierro la tapa antes de correr hacia el lavamanos.

Siento un escalofrío. Es como si notara que la B. cepacia busca un modo de entrar en mí y devorarme.

Me acerco al lavamanos y abro la manija, el agua caliente brota ruidosamente de la llave. Me agarro a la porcelana suave, me miro al espejo, en ropa interior. Las cicatrices con relieve que atraviesan mi pecho y mi estómago después de tantas operaciones, las costillas que me jalan la piel cuando respiro, el ángulo afilado de la clavícula que la iluminación mortecina del baño agudiza todavía más. La irritación alrededor de la sonda va peor, me parece que se está infectando.

Estoy demasiado delgada, tengo demasiadas cicatrices, demasiadas… veo mis ojos de color avellana en el espejo.

¿Por qué Will quiere dibujarme?

Su voz resuena en mi cabeza, me llama guapa. Guapa. Me palpita el corazón de un modo que no debería.

El vapor nubla el espejo, emborrona la imagen. Desvío la mirada y aprieto el dispositivo del jabón hasta que me llena la mano. Me froto las manos, los brazos y la cara con jabón, y hago que todo desaparezca por el lavamanos. Luego me aplico una buena cantidad de esterilizante de manos para asegurar.

Me seco, abro la tapa del segundo bote de basura y saco la bolsa de ropa que coloqué cuidadosamente hace una hora, antes de entrar en la habitación de Will. Ya vestida, me miro en el espejo una vez más y salgo del baño con mucha precaución, asegurándome de que nadie me vea salir. Me siento como nueva.

Tumbada en la cama, miro de reojo la lista de asuntos pendientes para el lunes, pero lo cierto es que estoy distraída con las redes sociales de mi celular. Doy clic en el historial de Instagram de Camila y veo cómo saluda alegremente por un millonésima vez a la cámara desde un kayak, mientras apunta el teléfono por encima de la cabeza para enseñar cómo Mya rema frenéticamente detrás de ella.

Desde que terminé la operación secreta, he pasado la mayor parte del tiempo viviendo indirectamente las aventuras de Los Cabos en los historiales de Instagram de mis compañeras de clase. Hice esnórquel en aguas cristalinas con Melissa. Navegué con Jude para ir a ver el Arco de Los Cabos. Me bronceé con Brooke, que no parece demasiado desconsolada.

Justo cuando estoy a punto de actualizar otra vez la página, tocan la puerta y Barb asoma la cabeza. Observa por un instante el carrito de las medicinas y estoy bastante segura de lo que me espera.

—¿Estuviste en la habitación de Will? Su montaje me resulta… bastante familiar.

Niego con la cabeza. No. No fui yo. Una de las ventajas de ser buena chica es que Barb no tiene más remedio que creerme.

De pronto, la computadora suena con una notificación de FaceTime y enseguida la imagen de Poe aparece en la pantalla. Me quedo helada sin responder, y rezo porque no diga nada sobre Will mientras doy la vuelta a la computadora.

—¡Mira quién acaba de volver de la comida!

Por suerte, él ve inmediatamente a Barb plantada en el umbral de la puerta y se ahorra el comentario que probablemente estaba a punto de hacer.

—Ah. Hola, Barb.

Se aclara la garganta. Barb sonríe y él empieza a contar algo sobre unas peras flambeadas con algún tipo de licor. La enfermera cierra lentamente la puerta, y el corazón me late a mil por hora hasta que oigo el suave chasquido del cerrojo al cerrarse.

Aliviada, suelto lentamente el aire de mis pulmones. Poe me mira.

—Escucha. Entiendo lo que estás haciendo. Está muy bien —sus ojos me perforan el alma, como de costumbre—. Pero ¿crees que lo de Will es una buena idea? Tú deberías saberlo mejor que nadie.

Me encojo de hombros, porque tiene toda la razón. Lo sé perfectamente. Pero también conozco mejor que nadie las precauciones que he de tomar.

—Sólo voy a estar aquí un par de semanas. Después, me da igual que abandone o no el tratamiento.

Arquea las cejas, con una sonrisa astuta.

—Una finta digna de político. Felicidades.

Poe cree que me gusta Will. Que me gusta el chico más sarcástico y molesto, por no decir infeccioso, que he conocido nunca.

Ya es hora de cambiar de tema.

—¡No era ninguna finta! —exclamo—. Eso es más propio de ti.

—¿A qué te refieres? —pregunta, mirándome con los ojos casi cerrados, pero lo sabe perfectamente.

—Pregúntale a Michael —respondo.

Me ignora y ahora es él quien vuelve al tema original.

—Por favor, no me digas que, por una vez que te interesa un chico, es un enfermo de FQ.

—¡Sólo le ayudé con el carrito de las medicinas, Poe! Querer que alguien viva no es lo mismo que quererlo a él —digo, exasperada.

No me interesa Will. No tengo tendencias suicidas. Si quisiera salir con un idiota, hay muchos para escoger, y la mayoría no tiene FQ. Es ridículo.

¿Verdad?

—Te conozco, Stella. Para ti, organizar el carrito de medicinas es como fajar con alguien.

Me estudia atentamente para ver si miento. Pongo los ojos en blanco y cierro de golpe la computadora antes de que él o yo lo podamos adivinar.

—¡Se llama educación! —oigo que grita la voz enojada de Poe desde el pasillo, seguida por el ruido de un portazo unos segundos más tarde.

Mi teléfono vibra y lo abro para leer un mensaje de Will.

¿Una pelea amorosa?

Me da un vuelco el corazón. Cuando me dispongo a borrar el mensaje, el recordatorio de las cuatro en punto para usar el chaleco Afflo aparece en la pantalla. Es una animación en la que sale un frasco de pastillas bailando. Me muerdo el labio, consciente de que Will habrá recibido la misma notificación. Pero ¿seguirá las instrucciones?

8

Will

Sombreo cuidadosamente con el lápiz el pelo de Barb y me echo atrás para contemplar el dibujo terminado. Lleva un tridente en la mano. Asiento complacido, pero en ese momento mi celular empieza a vibrar ruidosamente sobre el escritorio, haciendo bailar los lápices. Es Stella. Por FaceTime. Sorprendido, apago la canción de Pink Floyd de la computadora y deslizo el icono hacia la derecha para responder a la llamada.

—¡Lo sabía! —exclama cuando sus grandes ojos aparecen en la pantalla—. ¿Dónde está el chaleco Afflo? No debías quitártelo hasta dentro de quince minutos. ¿Y te tomaste el Creon? Apuesto a que no.

Finjo una voz automatizada.

—Lo sentimos, el número que usted marcó no está disponible o se encuentra fuera del área de servicio.

—No se puede confiar en ti —dice ella, interrumpiendo mi gran interpretación—. Bien, te diré cómo le vamos a hacer. Seguiremos juntos los tratamientos para asegurarme de que los cumplas sin falta.

Me coloco el lápiz detrás de la oreja, haciéndome el *cool*.

—Siempre buscando maneras para pasar más tiempo conmigo.

Cuelga, pero por un instante juraría que la vi sonreír. Interesante.

Nos mantenemos conectados por Skype durante los días siguientes, y sorprendentemente no todo son órdenes ladradas. Me enseña una técnica para tomar pastillas con pudín de chocolate. Lo cual es una genialidad. Además de delicioso. Respiramos por los inhaladores, seguimos los tratamientos intravenosos, programamos tratamientos y medicinas en su aplicación. Pero Stella tenía razón, unos días atrás. Por alguna razón, que yo siga los tratamientos la ayuda a relajarse. Gradualmente, se está volviendo cada vez menos arrogante.

Y no lo negaré, aunque sólo hayan pasado dos días, me resulta mucho más fácil levantarme de la cama por la mañana. Sin duda, respiro mejor.

La tarde del segundo día, justo cuando me estoy colocando el chaleco Afflo, me llevo un buen susto cuando Barb irrumpe por la puerta, dispuesta para la batalla que solemos mantener a las cuatro en punto por culpa de este tema. Suele ganar ella, consigue que me lo ponga tras amenazarme con enviarme a la zona de aislamiento, pero eso no impide que yo intente zafarme.

Cierro la computadora de golpe e interrumpo abruptamente la conversación que estaba manteniendo con Stella por Skype. Barb y yo nos quedamos viendo en uno de nuestros típicos duelos del Viejo Oeste. Al ver que tengo el chaleco Afflo entre las manos, su mirada acerada se transforma en una expresión de asombro.

—No lo puedo creer. Te estás poniendo el chaleco Afflo.

Me encojo de hombros como si no fuera para tanto y echo un vistazo al compresor para comprobar que esté bien conectado. A mí me parece correcto, pero lo cierto es que hace mucho que no me lo pongo solo.

—Son las cuatro en punto, ¿verdad?

Pone los ojos en blanco y me asesina con la mirada.

—Déjatelo puesto hasta el final —dice, antes de desaparecer por la puerta.

La puerta apenas se cierra, cuando abro la tapa de la computadora y llamo a Stella por Skype al tiempo que me tumbo sobre la cama, con una bacinica de color rosa en una mano para depositar las mucosidades.

—Lo siento. Entró Barb y… —empiezo a decir cuando ella descuelga, pero me interrumpo al ver la expresión abatida de su cara. Los labios gruesos dibujan un gesto descendente mientras mira el celular—. ¿Te encuentras bien?

—Sí —dice, respirando hondo—. Toda mi generación está en Los Cabos, en el viaje de último curso.

Gira el teléfono para enseñarme una foto de Instagram donde un grupo de personas ataviadas con trajes de baño, lentes de sol y sombreros posan felices en una playa arenosa.

Se encoge de hombros y deja el celular. Oigo la vibración de su chaleco a través de la computadora, el zumbido firme al compás del mío.

—Estoy un poco triste por no poder estar ahí.

—Lo entiendo —digo, pensando en Jason, en Hope y en todo lo que me he perdido durante estos últimos meses, viviéndolo todo de manera indirecta a través de sus mensajes y sus publicaciones en las redes sociales.

—Llevaba un año haciendo planes —continúa, y no me sorprende. Seguro que ha planeado cada uno de los pasos que ha dado en su vida.

—¿Y tus papás? ¿Te hubieran dejado ir? —pregunto con curiosidad. Antes incluso de contraer la B. cepacia, mi mamá habría descartado la idea. Las vacaciones de la escuela siempre han sido época de hospitales y emergencias para mí.

Ella asiente y sus ojos se llenan de curiosidad.

—Claro. Si hubiera estado lo bastante bien de salud. ¿Los tuyos no?

—No, a no ser que hubiera allí un hospital que se jactara de tener alguna nueva y mágica terapia de células madre para curar la B. cepacia —me incorporo y escupo un montón de mucosidad en la bacinica. Hago una mueca de asco y vuelvo a recostarme. Ahora recuerdo por qué siempre me lo quitaba antes de terminar—. Además, ya estuve ahí. Es muy bonito.

—¿Has ido? ¿Cómo es? —pregunta con entusiasmo, acercándose un poco más a la computadora.

El recuerdo borroso se enfoca lentamente y veo a mi papá a mi lado en la playa, la marea tira de nuestros pies, tenemos los dedos enterrados bajo la arena.

—Sí, fui con mi papá cuando era pequeño, antes de que se fuera.

Estoy demasiado inmerso en el recuerdo para procesar lo que estoy diciendo, pero la palabra "papá" suena rara en mi boca.

¿Por qué le cuento esto? Nunca se lo digo a nadie. Me parece que hacía años que no mencionaba a mi papá.

Ella abre la boca para responder, pero yo recupero rápidamente el tema del paisaje de Los Cabos. No estamos hablando de él.

—Las playas son bonitas. El agua es cristalina. Además, todo el mundo es súper amistoso y tranquilo.

Veo que el abatimiento de sus ojos va en aumento al oír mi laudatoria reseña, de modo que introduzco un inconveniente que oí por casualidad en el Canal Viajero.

—¡Ah, pero las corrientes son muy fuertes! Es casi imposible nadar, excepto un par de horas al día. Te pasas casi todo el día asándote en la playa porque no puedes meterte al agua.

—¿En serio? —pregunta ella, con un tono escéptico, pero agradeciendo el intento.

Asiento exageradamente y veo cómo parte de su tristeza se desvanece de su cara.

Seguimos vibrando con el chaleco, y un silencio cómodo se instala entre los dos. A excepción, por supuesto, de algún pulmón que escupe de vez en cuando.

Al terminar la sesión, Stella cuelga para llamar a su mamá y ver cómo están sus amigos en Los Cabos, y me promete que volverá a llamarme a tiempo para tomar las medicinas de la noche. Las horas pasan lentas sin su cara sonriente al otro lado de la pantalla. Ceno, dibujo y veo videos de YouTube, como solía hacerlo para matar el tiempo antes de que Stella apareciera, pero ahora todo resulta más aburrido. No puedo evitar consultar la pantalla de la computadora con la esperanza de que llegue una llamada de Skype, pero los segundos van pasando a un ritmo glacial.

El celular vibra con fuerza a mi lado, pero no es más que una notificación de su aplicación, avisando que es la hora de tomar las medicinas de la noche y colocarme la sonda alimentaria. Miro al buró donde ya preparé el pudín de chocolate junto a las medicinas, listas para ser tomadas.

Puntual como un reloj, la pantalla de la computadora se ilumina por la llamada largamente esperada de Stella.

Me lanzo sobre el botón de aceptar, disimulo la sonrisa y espero unos segundos antes de descolgar, repicando con los dedos sobre el teclado. Doy clic en "aceptar" y finjo un gran bostezo cuando su rostro aparece en la pantalla. Miro el celular, casual, como si nada.

—¿Ya es la hora de las medicinas de la noche?

Ella me dedica una gran sonrisa.

—No me vengas con eso. Veo que tienes las medicinas preparadas, en el buró.

Avergonzado, intento decir algo, pero sacudo la cabeza y dejo que ella se apunte este tanto.

Tomamos juntos las medicinas y luego sacamos las bolsas de la sonda alimentaria para prepararnos para la noche. Después de verter las fórmulas, colgamos las bolsas, conectamos los tubos y ajustamos el ritmo de bombeo a las horas que vamos a pasar durmiendo. Yo manejo la mía con torpeza, y voy espiando a Stella para asegurarme de que lo hago bien. Al cabo de un minuto ya lo sé hacer solo. Después preparamos el bombeo para extraer el aire y nuestros ojos se encuentran mientras esperamos que la fórmula pase por el tubo.

Me pongo a silbar la canción del programa *Jeopardy!* mientras esperamos, cosa que la hace reír.

—¡No mires! —dice cuando la fórmula llega al final del tubo. Se levanta la camiseta lo justo para colocarse la sonda.

Desvío la mirada, disimulo una sonrisa e inhalo con fuerza. Flexiono al máximo mientras me levanto la camiseta y adhiero el tubo al botón que sale del abdomen.

Alzo la mirada y veo que ella me está viendo por el chat de video.

—Toma una foto, durará más —digo, bajándome la camiseta mientras ella pone los ojos en blanco. Las mejillas se le sonrojan un poco.

Bosteza, se desata el chongo y el pelo largo y castaño cae suavemente por encima de sus hombros. Intento no mirarla, pero tiene muy buen aspecto. Como en los videos. Relajada. Feliz.

—Deberías dormir un poco —digo, al ver que se frota los ojos, soñolienta—. Estos días estuviste muy ocupada dándome órdenes.

Ella se ríe y asiente.

—Buenas noches, Will.

—Buenas noches, Stella —digo, y dudo un instante antes de pulsar el botón de colgar y cerrar la computadora.

Me recuesto sobre la cama, me pongo las manos en la nuca, y la habitación me resulta desagradablemente silenciosa. Sin embargo, al darme la vuelta para apagar la luz, me doy cuenta, por primera vez en mucho tiempo, que ya no me siento solo.

9

Stella

La doctora Hamid frunce el ceño cuando me levanto la camiseta. Las cejas oscuras se le juntan al observar la piel infectada alrededor de la sonda. Hago un gesto de dolor cuando me toca suavemente la piel inflamada, y ella murmura una disculpa al percibir mi reacción.

Al despertarme por la mañana, me di cuenta de que la infección había empeorado. Como la secreción supuraba alrededor del agujero, la llamé de inmediato.

Después de un minuto de inspección, se incorpora por fin y respira hondo.

—Probaremos con el Bactroban y esperaremos un par de días a ver cómo progresa. Es posible que podamos eliminar la infección.

Me bajo la camiseta y le dirijo una mirada llena de dudas. Llevo una semana en el hospital y, aunque ya me bajó la fiebre y el resfriado desapareció, esto no ha hecho más que empeorar. Tiende la mano y me aprieta el brazo para reconfortarme. Espero que tenga razón. Porque si no la tiene, significa cirugía. Y eso sería exactamente lo contrario a no dar preocupaciones a mis papás.

Suena la señal de mensaje en el celular y lo consulto deseando que sea de Will, pero es de mi mamá.

¿En la cafetería para almorzar? ¿En 15 minutos?

"Quince" significa que ya está de camino. Llevo toda la semana posponiéndolo, diciéndole que todo es tan rutinario que se aburriría, pero esta vez no va a aceptar un no por respuesta. Respondo que sí y suspiro, levantándome para vestirme.

—Gracias, doctora Hamid.

Ella me sonríe al salir.

—Mantenme informada, Stella. Barb también lo irá controlando.

Saco unos *leggings* limpios y una sudadera, escribo una nota para añadir más tarde el Bactroban al calendario de la aplicación y me encamino al elevador y luego al Edificio 2. Mi mamá ya me espera en la puerta de la cafetería, con el pelo recogido en una cola de caballo descuidada y unas ojeras tremendas y oscuras.

Se ve más delgada que yo.

La abrazo con fuerza e intento no retorcerme cuando me frota la sonda.

—¿Todo bien? —pregunta, estudiándome con la mirada.

Asiento.

—¡Muy bien! Los tratamientos van de maravilla. Ya respiro mejor. Y tú, ¿todo bien? —contraataco.

Ella asiente, y su sonrisa es tan amplia que está a punto de llegarle a los ojos.

—¡Sí, todo bien!

Nos formamos y pedimos lo de siempre, una ensalada César para ella, una hamburguesa y una malteada para mí, y un plato enorme de papas fritas para compartir. Encontramos lugar en un rincón junto a los grandes ventanales, a una distancia cómoda del resto de la gente. Miro al exterior mientras comemos y veo que la nieve sigue cayendo con suavidad, y que una manta blanca se acumula ya sobre el pavimento. Espero que mi mamá se vaya antes de que la situación climática empeore.

Terminé la hamburguesa y 75 por ciento de las papas fritas en el tiempo que mi mamá necesita para dar tres bocados a la ensalada. Observo cómo pica de la comida, con la cara cansada. Tiene aspecto de haber estado *googleando* hasta altas horas de la noche, leyendo página tras página, artículo tras artículo, sobre trasplantes de pulmón.

Mi papá solía ser el único capaz de calmarla, de reconfortarla, de sacarla de la espiral de preocupación con una simple mirada.

—La dieta de divorcio no te sienta bien, mamá.

Me mira sorprendida.

—¿De qué estás hablando?

—Estás demasiado delgada. Papá necesita una ducha. ¡Me están copiando el look!

¿No ves que se necesitan?, tengo ganas de decir.

Ella se ríe y me roba la malteada.

—¡No! —grito, mientras ella da un sorbo exagerado. Me lanzo por encima de la mesa, intentando recuperarla, pero la tapa salta y la malteada de chocolate nos salpica a las dos. Por primera vez en bastante tiempo, nos morimos de risa juntas.

Mi mamá agarra un montón de servilletas de papel y me limpia suavemente el líquido de la cara, y de pronto los ojos se le llenan de lágrimas. Le tomo la mano y frunzo el ceño.

—Mamá. ¿Qué pasa?

—Te veo y pienso… dijeron que no llegarías… —sacude la cabeza y me sujeta la mía entre las manos, las lágrimas le brotan de los ojos—. Pero aquí estás. Y eres mayor. Y preciosa. Les demostraste lo contrario.

Saca un pañuelo y se seca las lágrimas.

—No sé qué haría sin ti.

Me quedo helada. *No sé qué haría sin ti.*

Trago saliva y le aprieto la mano para consolarla, pero mi mente viaja de inmediato hacia la sonda. Las hojas de cálculo. La aplicación. El enorme 35 por ciento que me aprisiona el pecho. Hasta que me hagan el trasplante, esa cifra no volverá a subir. Hasta entonces, soy la única que puede mantenerme con vida. Y tengo que hacerlo. Tengo que mantenerme con vida.

Porque estoy bastante segura de que mantenerme con vida es la única manera de que mis papás puedan salir adelante.

Después de que mi mamá se marcha, voy directo al gimnasio con Will, con el objetivo de fortalecer los pulmones lo máximo posible. Estoy a punto de pedirle que no me acompañe, para poder reflexionar un poco, pero sé que no debe de haber pisado el gimnasio desde hace siglos.

Pensar en eso, unido a la inquietud de mis papás, me impediría concentrarme en nada más. Por lo menos, que Will vaya al gimnasio es un problema que puedo solventar de inmediato.

Me pongo a pedalear en una bicicleta estática. No me salto ninguna tarde de ejercicios desde que el gimnasio se convirtió en uno de los sitios más agradables de todo el hospital. Lo renovaron hace tres años y prácticamente cuadriplicaron su tamaño, instalando canchas de basquetbol, una piscina de agua salada, un nuevo y reluciente equipo de cardio e hileras y más hileras de pesas libres. Hay incluso un espacio separado para el yoga y la meditación, con grandes ventanales que dan al patio. El gimnasio solía ser una sala anticuada y lóbrega, con unas cuantas pesas y un equipo en decadencia que parecía fabricado un año después de la invención de la rueda.

Miro a un lado y veo a Will agarrándose a una caminadora como si su vida dependiera de ello, tomando aliento mientras camina con energía. Lleva el oxígeno portátil colgado al hombro con ese estilo típico de los enfermos de FQ cuando hacen ejercicio.

Casi tuve que arrastrarlo hasta aquí, y debo reconocer que me resulta divertido ver que el esfuerzo de concentración le impide ser sarcástico. Ni siquiera pudo usar la excusa de "tengo prohibido salir del tercer piso", porque hoy a Barb le toca el turno de noche y Julie se mostró muy entusiasta ante la idea de que Will haga algo para mejorar su función pulmonar y su salud en general.

—Entonces, ¿cuándo va a ser mutuamente beneficioso el pacto al que llegamos? —consigue decir, mirando a su alrededor mientras yo pedaleo sin parar. Disminuye la velocidad y suelta las palabras entre aliento y aliento.

—He hecho todo lo que me pedías sin obtener nada a cambio de mi inversión.

—Estoy asquerosa. Demasiado sudada —respondo, y una gota de sudor me baja por la cara.

Pulsa el botón para detener la cinta, y la máquina se para de manera abrupta mientras él voltea la cabeza hacia mí, se ajusta el catéter en la nariz y hace un esfuerzo por respirar.

—Y además tengo el pelo sucio, y estoy demasiado cansada, y el carrito de las medicinas… ¿Quieres dibujarme sudada? ¡Muy bien! ¡Sudaré todavía más!

Me pongo a pedalear como si mi vida dependiera de ello, cuadruplicando las revoluciones por minuto. Me arden los pulmones y me pongo a toser. El oxígeno silba por el catéter cuando tomo aire. Mis piernas se ralentizan a medida que disminuye el ataque de tos, y por fin consigo respirar otra vez.

Él sacude la cabeza. Estudio las cifras digitales y brillantes de la bicicleta e intento no pensar en que la cara se me está poniendo roja.

Después, agotados, nos dirigimos al salón de yoga desierto. Camino seis pies por delante de él. Me siento contra los ventanales, contra el cristal frío. Una manta blanca cubre el exterior y tapa todo lo que hay a la vista.

—¿Tengo que posar o algo? —pregunto, arreglándome el pelo con las manos. Hago una pose dramática, y eso le da risa.

Saca su cuaderno y el lápiz de carboncillo, y me sorprende ver que se pone un par de guantes de látex azules.

—No, tú actúa con naturalidad.

Ah, bien, sí. Eso será fácil.

Lo observo, los ojos de color azul intenso centrados en el papel, las cejas oscuras que se juntan al concentrarse. Levanta la vista y me mira a los ojos para volverme a estudiar. Desvío rápidamente la mirada, saco mi libreta de bolsillo y busco la página de hoy.

—¿Qué es eso? —pregunta, señalando la libreta con el lápiz.

—Mi lista de asuntos pendientes —explico mientras tacho el número 12, "Hacer ejercicio", y me dirijo a la parte inferior de la lista para escribir "Dibujo de Will".

—¿Una lista? —pregunta—. Eso es bastante antiguo para alguien que crea aplicaciones.

—Sí, bueno, la aplicación no me da la satisfacción de hacer esto.

Tomo el lápiz y tacho "Dibujo de Will".

Finge una cara triste.

—Me hieres.

Agacho la cabeza, pero él ve la sonrisa que intento esconder.

—Entonces, ¿qué más pones en la lista? —pregunta, mirando primero el dibujo y luego otra vez a mí. Está sombreando algo.

—¿Qué lista? —pregunto—. ¿La lista maestra o la lista diaria?

Él se ríe y sacude la cabeza.

—Por supuesto, tienes dos listas.

—¡Una inmediata y otra a largo plazo! Tiene sentido —le respondo, y él sonríe con suficiencia.

—Sorpréndeme primero con la lista maestra. Ésas son las cosas importantes.

Paso las páginas y llego a la lista maestra. Hace tiempo que no repaso esta página. Está escrita con tintas de distintos colores, rojos y azules y negro, y un par de colores fluorescentes y centelleantes de un kit de bolígrafos de gel que me regalaron en sexto.

—Vamos a ver —mi dedo sube hasta la primera línea—. "Presentarme como voluntaria para una causa política importante." Hecho.

La tacho.

—"Estudiar todas las obras de William Shakespeare." ¡Hecho!

La tacho.

—"Compartir todo lo que sé sobre la FQ con los demás." Verás… tengo una página de YouTube…

Tacho la línea y miro a Will. No parece nada sorprendido. Alguien me ha estado buscando por Internet.

—Qué pasa, ¿estás intentando morirte siendo muy inteligente para poder entrar en el grupo de debate de los muertos? —señala la ventana con el dedo—. ¿Alguna vez has pensado, no sé… en viajar por el mundo o algo así?

Miro el número 27. "Capilla Sixtina con Abby." No está tachado.

Me aclaro la garganta y sigo adelante.

—"Aprender a tocar el piano." ¡Hecho! "Hablar un francés fluido…"

Will me interrumpe.

—En serio. ¿Alguna vez haces algo que esté fuera de la lista? Sin ánimo de ofender, nada de esto parece divertido —cierro la libreta, pero él continúa—. ¿Quieres oír la mía? Tomar una clase de pintura con Bob Ross. Se trata de meter arbolitos alegres y un color amarillo cadmio que en principio no debería funcionar pero…

—Está muerto —le comunico.

Me sonríe a medias.

—Ah, bueno, ¡entonces tendré que conformarme con hacer el amor en el Vaticano!

Pongo los ojos en blanco.

—Tienes más posibilidades de conocer a Bob Ross.

Parpadea, pero luego su expresión se vuelve seria. Más seria que nunca.

—Ok, ok, me gustaría viajar por el mundo y llegar a conocerlo de verdad, ¿sabes? No sólo el interior de los hospitales —vuelve a bajar la vista y continúa dibujando—. Son todos iguales. Las mismas habitaciones genéricas. Los mismos suelos de azulejo. El mismo olor a esterilizante. He estado en todas partes y en realidad no he visto nada.

Me le quedo mirando, mirándolo de verdad: el pelo que le cae sobre los ojos cuando dibuja, la expresión de concentración en el rostro, sin ningún tipo de sonrisa de superioridad. Me pregunto cómo será ir por todo el mundo sin poder salir nunca de las paredes del hospital. A mí no me importa estar en el hospital. Aquí me siento segura. Cómoda. Pero llevo casi toda la vida viniendo al mismo. Es mi casa. Si hubiera pasado la semana en Los Cabos pero metida en un hospital, no sólo estaría enojada, estaría destrozada.

—Gracias —digo.

—¿Por qué? —pregunta, alzando la vista para mirarme a los ojos.

—Por decir algo en serio.

Me mira un segundo antes de pasarse los dedos por el pelo. Ahora es él quien está incómodo, para variar.

—Tus ojos son de color avellana —dice, señalando la luz del sol que fluye como un hilo a través del cristal—. No lo sabía hasta ahora que los veo a la luz del sol. Creía que eran cafés.

El corazón me late con fuerza al oír estas palabras y ver el modo en que me mira.

—Tienes unos ojos muy bonitos —dice al cabo de un segundo, y veo que se sonroja ligeramente. Baja la mirada, sigue garabateando y se aclara la garganta—. Quiero decir, para dibujarlos.

Me muerdo el labio inferior para esconder mi sonrisa.

Por primera vez noto el peso de cada pulgada, de cada milímetro de los seis pies que nos separan. Me ciño la playera al cuerpo, miro la pila de tapetes de yoga que hay en una esquina e intento ignorar el hecho de que ese espacio abierto siempre va a estar ahí.

Esa noche consulto el Facebook por primera vez en todo el día y miro las fotos que mis amigos van subiendo desde Los Cabos. Pongo un "me encanta" junto a la nueva foto de perfil de Camila. Está plantada sobre una tabla de surf con su bikini de rayas, una sonrisa traviesa en el rostro y los hombros totalmente quemados tras haber ignorado mis advertencias sobre la protección contra el sol. Pero Mya me envió por Snap un video "entre bambalinas", grabado segundos antes de esa foto, que demuestra que Camila sigue sin tener ni idea de cómo hacer surf. Mantiene el equilibrio durante tres segundos y medio, dedica una gran sonrisa a la cámara y cae de la tabla al cabo de un instante.

Hago un bailecito de la victoria al descubrir una foto que subió Mason, rodeando con el brazo moreno el hombro de Mya. Estoy a punto de caerme de la silla al ver el pie de foto. "Belleza de Los Cabos." Sonrío y le doy un rápido "me gusta" antes de cerrar la aplicación para enviarle a ella un mensaje.

¡¡¡Bien hecho, Mya!!! Con infinitos emoticonos de corazón.

Echo un vistazo a mi libreta de bolsillo, que sigue abierta en la lista maestra. Mis ojos regresan al número 27, "Capilla Sixtina con Abby". Abro la computadora y el ratón se cierne sobre una carpeta azul titulada "Abs".

Dudo un instante antes de abrirla, pero un mar de fotos, videos y dibujos de mi hermana llenan la pantalla. Doy clic a un video de GoPro que me envió hace dos años, en el que sale haciendo equilibrio en lo alto de un puente desvencijado. La distancia que hay desde el lugar donde está sentada al río de más abajo llena la pantalla. Es una imagen que marea, y la corriente es lo bastante caudalosa como para llevarse por delante todo lo que encuentre a su paso.

—¿Verdad que es increíble, Stella? —dice ella mientras la cámara vuelve a enfocarla. Se está ajustando el arnés—. ¡Se me ocurrió que te gustaría ver lo que se siente!

Se coloca el casco, y la vista de GoPro cambia de nuevo para mostrar el borde del puente y el largo trecho hasta el río.

—¡Traje a mi compañero de saltos!

Levanta mi panda de peluche, el que ahora tengo a mi lado, y le da un gran abrazo.

—Lo agarraré bien, ¡no te preocupes!

Y entonces, sin pensarlo dos veces, se tira del puente. Vuela por los aires y sus aullidos de placer resuenan con fuerza por los altavoces.

Entonces llega el rebote. Volvemos hacia arriba, la cara del panda aparece en la pantalla y la voz de Abby, jadeante y vertiginosa, grita:

—¡Feliz cumpleaños, Stella!

Trago saliva, cierro la computadora de un golpe y sin querer tiro una lata de refresco del buró. El líquido burbujeante se derrama por la mesa y por el suelo. Lo que faltaba.

Recojo la lata, salto encima del charco y la tiro al bote de camino al pasillo. Me dirijo al mostrador de las enfermeras y veo que Barb se está quedando dormida en una silla, con la cabeza colgando y la boca ligeramente abierta. Con mucho cuidado, abro la puerta del armario de la limpieza, extraigo las toallas de papel de un estante abarrotado de artículos de limpieza e intento no despertarla.

Sin embargo, ella me oye y levanta la vista con los ojos soñolientos.

—Trabajas demasiado —le digo.

Ella sonríe y abre los brazos como solía hacer cuando yo era más pequeña y tenía un día difícil en el hospital.

Me acurruco en su regazo, como una niña, y le paso los brazos alrededor del cuello, olisqueando el aroma familiar y reconfortante, a vainilla, de su perfume. Apoyo la cabeza sobre su hombro, cierro los ojos y disimulo.

10

Will

—¡Es la hora del Cevaflomalin! —canta Julie, abriendo la puerta de par en par, con una bolsa de medicinas en la mano. Ha pasado una semana.

Asiento. Ya recibí la notificación de la aplicación de Stella y me trasladé del escritorio a la cama, donde se encuentra la botella de suero.

Observo cómo Julie cuelga la bolsa, toma la vía intravenosa y voltea hacia mí. Sus ojos se posan sobre el dibujo que hice de Stella en el salón de yoga, que cuelga junto al dibujo del pulmón que Stella colocó encima del escritorio. Sonríe levemente.

—Me gusta verte así —dice, mirándome a los ojos.

—¿Cómo? —pregunto, bajándome el cuello de la camiseta.

Pienso en Stella mientras miro la bolsa intravenosa de Cevaflomalin. Alargo la mano para tocarla con suavidad, noto el peso de la bolsa en la palma de la mano. Las pruebas son muy nuevas. Demasiado nuevas para saber cómo van a resultar.

Es la primera vez que lo pienso… Podría ser un peligro. O una estupidez.

No lo sé. Alimentar esperanzas cuando hay un hospital de por medio no me parece una buena idea.

—¿Y si no funciona? —pregunto.

No me noto diferente. Por lo menos, todavía no.

Miro la bolsa intravenosa, el goteo constante de la medicina que se va introduciendo en mi cuerpo. Vuelvo a mirar a Julie y los dos nos quedamos callados un instante.

—Pero ¿y si funciona? —pregunta ella, tocándome el hombro. La veo irse.

¿Y si funciona?

Al terminar el goteo intravenoso, me coloco cuidadosamente un par de guantes de color azul eléctrico para mantener los gérmenes de mi B. cepacia bien alejados de cualquier cosa que Stella pueda tocar.

Echo un último vistazo al dibujo del salón de yoga y lo evalúo meticulosamente mientras lo descuelgo de la pared.

Es un boceto, pero al mismo tiempo es Stella. Lleva una bata blanca de médico, un estetoscopio alrededor del cuello, y las pequeñas manos colocadas con rabia sobre las caderas. Al estudiar el dibujo, me doy cuenta de que falta algo.

Eso es.

Elijo unos lápices rojos, naranjas y amarillos y dibujo el fuego saliéndole por la boca. Mucho más realista. Ahora agarro el sobre de color manila que robé del mostrador de las enfermeras, deslizo el dibujo en su interior y escribo por fuera: "Aquí dentro encontrarás mi corazón y mi alma. Sé amable".

Camino por el pasillo hasta su habitación, y ya me la imagino abriendo el sobre, esperando algo profundo y misterioso. Miro a ambos lados y lo deslizo bajo la puerta. Me apoyo contra la pared, a escuchar.

Oigo sus pasos al otro lado de la puerta, el sonido de los guantes que se está poniendo, el ruido al agacharse para tomar el sobre. Hay un silencio. Más silencio. Y por fin... ¡una risa! Una risa verdadera, genuina y cálida.

¡Victoria! Vuelvo silbando a mi habitación, me recuesto en la cama y agarro el teléfono justo cuando suena el Face-Time, una llamada de Stella, tal como había esperado.

Respondo y aparece su cara, sus labios rosados se elevan en las comisuras.

—¿Una mujer dragón? ¡Qué sexista!

—¡Eh, tuviste suerte de no querer desnudos!

Sigue riendo, mira el dibujo y después a mí.

—¿Por qué haces caricaturas?

—Son subversivas, ¿sabes? Pueden parecer ligeras y divertidas, pero tienen *punch* —podría pasarme el día hablando así. Si hay algo que me apasiona, es precisamente esto. Le enseño un libro que guardo en el buró y que contiene algunas de las mejores caricaturas políticas del *New York Times*—. Política, religión, sociedad. En mi opinión, una caricatura bien dibujada transmite mucho más que las palabras, ¿sabes? Puede cambiar la mentalidad de la gente.

Me mira sorprendida, sin decir nada.

Me encojo de hombros, consciente de hasta qué punto parezco un bicho raro.

—Bueno, soy sólo un aspirante a caricaturista. Qué voy a saber.

Señalo el dibujo que tiene detrás, una bonita imagen de pulmones, flores que salen de dentro y un fondo de estrellas.

—Eso sí es arte —acerco un poco más la computadora y me doy cuenta de lo que es—. ¡Pulmones sanos! Es genial. ¿Quién lo hizo?

Voltea para mirarlo y hace una pausa.

—Mi hermana mayor. Abby.

—Pues tiene talento. ¡Me encantaría ver otras cosas suyas!

Una extraña expresión le oscurece el rostro y su voz se vuelve fría.

—Mira. No somos amigos. No vamos a compartir nuestras historias. Sólo vamos a seguir los tratamientos, ¿de acuerdo?

La llamada termina de manera abrupta, y mi rostro desconcertado aparece en la pantalla. ¿Qué demonios fue eso? Salto de la cama, indignado, y abro la puerta de mi habitación. Me lanzo por el pasillo, voy directo a su puerta, dispuesto a decirle lo que pienso. Por mí puede irse a la...

—¡Eh! ¡Will! —dice una voz a mis espaldas.

Sorprendido, veo a Hope y a Jason que vienen hacia mí. Hace apenas una hora que le escribí un mensaje a Jason, pero había olvidado totalmente que hoy iban a venir a visitarme, como cada viernes. Jason me enseña una bolsa de comida, sonríe e intenta engatusarme con el olor de las papas fritas de mi restaurante favorito, que está a una cuadra de nuestra escuela.

Me quedo inmóvil, a medio camino ente la puerta de Stella y mis amigos.

Y entonces me doy cuenta.

He visto a su papá y a su mamá. He visto a sus amigas, que la vinieron a visitar el día que llegó al hospital.

¿Pero Abby? Ni siquiera ha hablado de Abby.

¿Dónde está Abby?

Me acerco a Hope y Jason, agarro la bolsa y hago un gesto para que me sigan a mi habitación.

—¡Vengan conmigo!

—Me alegro de verte, hermano —dice Jason, mirando por encima de mi hombro.

—Verán, conocí a una chica —digo, cuando los tengo delante. Hope me dedica una sonrisa de las suyas, con los ojos emocionados. Jason está totalmente informado de todo lo que se refiere a Stella, pero a Hope aún no le había contado nada. Sabía que reaccionaría así—. ¡Bueno, no me refiero a eso! De acuerdo. Tal vez sí. Pero no puede ser. Da igual.

En la computadora, abro la pestaña de la página de YouTube de Stella y busco un video del año pasado titulado "¡Fiesta de la polipectomía!". Le doy clic, y enseguida pulso la barra espaciadora para detenerlo y volteo para dar explicaciones.

—Tiene FQ. Y es una especie de obsesa del control. Gracias a ella estoy siguiendo los tratamientos al pie de la letra.

Hope parece muy aliviada y Jason está encantado.

—¿Vuelves a seguir los tratamientos? Will, eso es fantástico —dice Hope, con entusiasmo.

Resto importancia a las felicitaciones, aunque me sorprende un poco que hayan reaccionado así. Hope me molestó durante un tiempo, pero cuando les dije que me dejaran en paz, no insistieron demasiado. Por eso pensaba que estábamos todos en la misma onda.

Pero ahora ambos parecen muy aliviados. Frunzo el ceño. No quiero que se hagan falsas ilusiones.

—Sí, sí. Bueno. Miren esto. Tiene una hermana que se llama Abby.

Avanzo un poco la imagen y le doy *play* para que la vean.

Stella y Abby están sentadas en una habitación de hospital, con las paredes llenas de pinturas, como la de ahora. La doctora Hamid también está, escuchando los pulmones de Stella con un estetoscopio. Las piernas de Stella tiemblan de ansiedad al tiempo que mira alternativamente a la doctora Hamid y a la cámara.

—Ok. Entonces, ¿me van hacer una poli…?

—Una polipectomía nasal —responde la doctora Hamid, enderezándose—. Vamos a eliminar los pólipos de tus fosas nasales.

Stella sonríe a la cámara.

—Estoy intentando convencer a la doctora para que ya de paso me haga la cirugía estética.

Abby la abraza con fuerza.

—Stella está nerviosa. Pero yo me quedaré aquí cantando hasta que se duerma, ¡como siempre! —se pone a cantar, con una voz suave y melodiosa—. Te quiero un poco y un poquito más…

—¡Basta! —dice Stella, tapando la boca de su hermana con la mano—. ¡Es de mala suerte!

Pulso la pausa en el video y volteo para mirar a mis amigos.

Los dos parecen desconcertados, sin comprender lo que acabo de deducir. Se miran entre ellos con las cejas arqueadas, y por fin Hope me sonríe y se inclina para observar la barra lateral.

—¿Ya viste todos sus videos?

No le hago caso.

—Pues bien, hace cinco minutos se puso muy nerviosa cuando le pregunté si podía ver más dibujos de su hermana. Este video es del año pasado —digo, a modo de explicación.

—Muy bien. ¿Y? —pregunta Jason, frunciendo el ceño.

—Abby ya no sale en ningún otro video, después de éste.

Asienten, y poco a poco se van dando cuenta. Hope saca el celular y teclea, con el ceño fruncido.

—Encontré el Instagram de Abby Grant. Hay muchas obras de arte y fotos de Stella y ella juntas —levanta la vista—. Pero tienes razón. Hace un año que no publica nada.

Miro a Jason y luego a Hope.

—Creo que le pasó algo a Abby.

A la tarde siguiente el celular vibra para recordarme la sesión de ejercicios que Stella programó en mi régimen. No hemos vuelto a hablar desde que descubrí lo de Abby, y la idea de verla dentro de unos minutos me pone extrañamente nervioso. Ayer no pude disfrutar del todo de la visita de Hope y Jason, ni siquiera cuando nos comimos las papas fritas y hablamos de los últimos dramas escolares post-Acción de Gracias y del último capítulo de *Westworld*. Siempre esperamos a ver juntos los capítulos nuevos, aunque yo esté en otro continente y en otra zona horaria y me vea obligado a llamarlos por Skype.

Respiro hondo y me dirijo al gimnasio para encontrarme con Stella. Empujo la puerta y atravieso la zona de las cintas de entrenamiento y las bicicletas estáticas.

Asomo la cabeza en el salón de yoga y la veo sentada sobre un tapete verde, meditando con las piernas cruzadas y los ojos cerrados.

Abro la puerta con mucho cuidado y camino en silencio hacia un tapete al otro extremo de la habitación.

A seis pies de distancia.

Después de sentarme observo la paz que la invade, el rostro suave y calmado. Pero al cabo de un instante abre lentamente los ojos y al verme se pone rígida.

—No te habrá visto Barb, ¿verdad?

—Abby murió, ¿verdad? —desembucho, directo al grano. Ella se me queda mirando, en silencio.

Por fin, traga saliva y sacude la cabeza.

—Muy agradable, Will. Tan delicado como siempre.

—¿Quién tiene tiempo para la delicadeza, Stella? Nosotros seguro que no…

—¡Basta! —dice, interrumpiéndome—. Deja de recordarme que me estoy muriendo. Ya lo sé. Sé que me estoy muriendo.

Hace un gesto con la cabeza, con la cara muy seria.

—Pero ahora no puedo, Will. Tengo que sobrevivir.

Estoy confundido.

—No entien…

—Llevo toda la vida muriéndome. Celebrábamos cada cumpleaños como si fuera el último —sacude la cabeza, y sus ojos de color avellana brillan por las lágrimas—. Pero entonces Abby murió. Tenía que haber sido yo, Will. Todos lo teníamos asumido.

Respira profundo, con el peso del mundo sobre sus hombros.

—Si muero también, para mis papás será el final.

Esto sí que es un golpe.

—Lo del régimen. Todo este tiempo he creído que tenías miedo de morir, pero no se trata de eso en absoluto —la miro a la cara mientras sigo hablando—. Te estás muriendo y a la vez sientes la culpa de la superviviente. Eso es una putada psicológica. No sé cómo puedes vivir con…

—¡Vivir es la única opción que tengo, Will! —me suelta, y acto seguido se levanta y me fulmina con la mirada.

Yo también me levanto y me le quedo viendo. Quiero acercarme y acortar el hueco que nos separa. Quiero sacudirla para que lo comprenda.

—Stella, eso no es vivir.

Ella voltea, se coloca la mascarilla y corre hacia la puerta.

—¡Stella, espera! ¡Por favor! —doy unos pasos hacia ella, deseando darle la mano, hacer las paces—. No te vayas. Íbamos a hacer ejercicio, ¿te acuerdas? No diré nada, ¿de acuerdo?

La puerta se cierra a sus espaldas. Mierda. La cagué.

Volteo la cabeza y veo el tapete donde hace un segundo estaba sentada, el espacio vacío que dejó.

Y me doy cuenta de que estoy haciendo justo lo que juré que no iba a hacer. Desear algo que nunca podré tener.

11

Stella

Abro la puerta de mi habitación. Los dibujos de Abby se difuminan mientras el dolor y la culpa que he intentado alejar cada vez más asoma su fea cabeza y hace que me tiemblen las rodillas. Me derrumbo en el suelo, mis dedos se adhieren al frío linóleo y vuelvo a oír el grito de mi mamá resonando en mi cabeza, como lo hizo aquella mañana.

Iba a pasar aquel fin de semana con ella en Arizona, pero la noche anterior al vuelo había tenido tantos problemas para respirar que tuve que quedarme en tierra. Pedí una y mil disculpas. Iba a ser su regalo de cumpleaños. Nuestro primer viaje, las dos solas. Pero Abby no le dio importancia, me abrazó con fuerza y me dijo que volvería a los pocos días con fotos e historias suficientes para hacerme sentir que había estado a su lado en todo momento.

Pero no volvió.

Recuerdo oír cómo sonaba el teléfono en el piso de abajo. Mi mamá sollozando, mi papá llamando a mi puerta y diciendo que me sentara. Algo había pasado.

No le creí.

Negué con la cabeza y me reí. Era una broma de Abby. Tenía que serlo. No era posible. No podía ser posible. Era yo la que tenía que morirme, mucho antes que todos ellos. Abby encarnaba prácticamente la definición de "viva".

El dolor tardó tres días en golpear. Sólo cuando el vuelo de vuelta aterrizó por fin me di cuenta de que Abby no iba a volver a casa. Entonces me quedé bloqueada. Pasé dos semanas seguidas tirada en la cama, sin utilizar el chaleco Afflo ni seguir el régimen, y cuando me levanté no sólo eran mis pulmones los que estaban hechos polvo. Mis papás no se hablaban. Ni siquiera eran capaces de mirarse.

Yo lo había visto venir mucho antes de que ocurriera. Había preparado a Abby para lo que debía hacer para mantenerlos unidos cuando yo faltara. Pero no esperaba tener que hacerlo yo.

Lo intenté con todas mis fuerzas. Planeé actividades familiares. Preparé la cena cuando no podían hacer otra cosa que mirar al vacío. Pero no sirvió de nada. Si Abby salía en la conversación, la discusión era inevitable. Si no lo hacía, su presencia asfixiaba el silencio. Se separaron al cabo de tres meses. Se divorciaron en seis. Pusieron la máxima distancia posible entre los dos, y dejaron que yo cubriera el vacío.

Pero no sirvió de nada. Desde entonces tengo la sensación de vivir en un sueño, centrada en mantenerme a mí misma con vida para mantenerlos a los dos a flote. Hago listas de asuntos pendientes y los cumplo al pie de la letra, intento estar ocupada, tragarme el dolor y la pena para que mis papás no queden consumidos por los suyos.

Y ahora, para colmo, Will intenta decirme lo que tengo que hacer. Como si él tuviera algún concepto de lo que significa vivir.

Y lo peor es que la única persona con quien tengo ganas de hablar de esto es Abby.

Me limpio con coraje las lágrimas con el dorso de la mano, saco el celular del bolsillo y escribo un mensaje a la única otra persona que sé que me comprenderá.

Salón multiusos. Ahora.

Pienso en todos los dibujos que llenan mi habitación. Cada uno pertenece a un viaje distinto al hospital con Abby dándome la mano. Y ahora hay tres viajes. Tres viajes enteros sin un dibujo que los acompañe.

Recuerdo el primer día que llegué a Saint Grace. Por si no hubiera estado ya muy asustada, el tamaño del recinto resultaba sobrecogedor para una niña de seis años. Los grandes ventanales, la maquinaria, el estruendo. Atravesé el vestíbulo agarrando la mano de Abby como si mi vida dependiera de ello, y me esforcé por ser valiente.

Mis papás hablaron con Barb y con la doctora Hamid. Antes incluso de conocerme, ellas hicieron lo posible por conseguir que el hospital de Saint Grace fuera mi segundo hogar, desde el momento en que llegué.

Pero quien lo consiguió verdaderamente fue Abby. Aquel día me hizo tres regalos que no tenían precio.

El primero fue mi oso panda de peluche, Remiendos, cuidadosamente elegido en la tienda de regalos del hospital.

El segundo fue el primero de sus muchos dibujos, el del tornado de estrellas. La primera obra suya de "papel tapiz" que coleccioné.

Y mientras mis papás hablaban con Barb sobre las instalaciones ultramodernas, Abby se escabulló y encontró el último regalo del día.

El mejor que he recibido en todos los años que llevo en Saint Grace.

—Es impresionante, sin duda —comentaba mi mamá, mientras yo veía cómo Abby se alejaba por el colorido y alegre pasillo de la planta infantil y desaparecía por una esquina.

—¡Stella se va a sentir aquí como en casa! —continuaba Barb, sonriéndome con calidez. Recuerdo que yo me agarraba a Remiendos e intentaba reunir fuerzas para sonreír.

De pronto Abby apareció por la esquina de antes, y aunque estuvo a punto de estamparse contra una enfermera, siguió corriendo hacia nosotros con un chico pequeño, delgado, de pelo castaño y vestido con una camiseta demasiado grande de la selección de Colombia pisándole los talones.

—¡Mira! ¡Aquí hay otros niños!

Saludé al chico con la mano antes de que Barb se interpusiera entre nosotros, y su bata de colores se convirtió en un muro entre los dos.

—Poe, ya sabes que no puedes acercarte —dijo, regañando al niño pequeño mientras Abby me daba la mano.

Pero Abby ya lo había conseguido. Aunque fuera a seis pies de distancia, Poe se convirtió en mi mejor amigo. Y por todo ello es la única persona con la que puedo hablar de esto.

Deambulando por el salón, lo veo todo borroso. Intento concentrarme en la pecera o el televisor o el refri que vibra en una esquina, pero sigo furiosa tras la discusión con Will.

—Ya sabías que tenía problemas con los límites —dice Poe a mis espaldas, observándome con intención desde el borde del sofá de dos plazas—. Si te sirve de algo, no creo que quisiera hacerte daño.

Me volteo para mirarlo, agarrándome al mostrador de la pequeña cocina.

—Cuando dijo "Abby" y "muerta" —se me rompe la voz y aprieto los dedos contra el frío mármol del mostrador—, como si no tuviera importancia, casi…

Poe mueve la cabeza, con los ojos tristes.

—Debería haber estado a su lado, Poe —digo, con la voz ahogada, secándome los ojos con el dorso de la mano. Ella siempre estuvo a mi lado. Para apoyarme cuando la necesitaba. Y yo no estuve a su lado cuando más me necesitaba.

—No sigas. Otra vez no. No es culpa tuya. Ella te diría que no es culpa tuya.

—¿Sufrió? ¿Pasó miedo? —jadeo, con el pecho encogido. Vuelvo a ver a mi hermana lanzándose en picada, como en el video de GoPro y un millón de veces más, saltando en *bungee* y echándose clavados desde acantilados con total abandono e imprudencia.

Sólo que esta vez no hay ningún grito de entusiasmo y emoción. Impacta contra el agua y ya no sale a la superficie.

No tenía que haber muerto.

Tenía que haber sido ella la que viviera.

—¡Eh! Ya basta. Mírame.

Lo miro fijamente, las lágrimas me salen a borbotones de los ojos.

—Tienes que parar —dice, con los dedos clavados en el reposabrazos del sofá, hasta el punto que los nudillos se le ponen blancos—. No puedes saberlo. No puedes... y ya. Te vas a volver loca.

Respiro hondo y sacudo la cabeza. Él se levanta y se me acerca emitiendo un gruñido de frustración.

—¡Esta enfermedad es una puta cárcel! Quiero abrazarte.

Sollozo y asiento, totalmente de acuerdo.

—Imagina que lo hice, ¿sí? —dice. Veo que él también reprime las lágrimas—. Y sabes que te quiero. ¡Más que a la comida! ¡Más que a la selección de Colombia!

Sonrío y asiento.

—Yo también te quiero, Poe.

Finge que me sopla un beso, pero sin soplar.

Me desplomo sobre el sillón de color verde claro situado enfrente del de Poe, y enseguida noto una punzada de dolor y empiezo a ver doble. Me enderezo y me llevo la mano al costado, pues la sonda me quema como si fuera fuego.

Poe se pone blanco.

—¡Stella! ¿Estás bien?

—Es la sonda —respondo, y el dolor va aminorando. Me incorporo, muevo la cabeza y tomo aire—. Estoy bien. Estoy bien.

Respiro profundo, me levanto la camiseta y veo que la infección empeoró todavía más, tengo la piel enrojecida e hinchada, y la sonda y la zona adyacente están supurando. Abro los ojos desmesuradamente, estoy desconcertada. Hace ocho días que estoy aquí. ¿Cómo no me di cuenta?

Poe hace una mueca de dolor y sacude la cabeza.

—Volvamos a tu habitación. Ahora mismo.

Quince minutos más tarde la doctora Hamid toca suavemente la piel infectada alrededor de la sonda, y hago una mueca cuando el dolor se me propaga por el estómago y por el pecho. Retira la mano, se quita cuidadosamente los guantes y los coloca en un contenedor de basura que hay junto a la puerta.

—Tenemos que ocuparnos de esto. Ha ido demasiado lejos. Tenemos que excoriar la piel y sustituir la sonda para purgar la infección.

Noto que me mareo y se me enfrían las entrañas. Son las palabras que temía oír desde que pareció que se había infectado. Vuelvo a bajarme la camiseta, intentando que la tela no roce la zona.

—Pero…

Ella me interrumpe.

—Nada de peros. Tenemos que hacerlo. Nos arriesgamos a una sepsis. Si sigue empeorando, la infección puede pasar al flujo sanguíneo.

Las dos callamos, conscientes de lo grande que es el riesgo. Si se produce la sepsis, sin duda, moriré. Pero si me sedan para operarme, tal vez mis pulmones no sean lo bastante fuertes para aguantar hasta el final.

Ella se sienta junto a mí, me da un golpecito en el hombro y me sonríe.

—Todo saldrá bien.

—No puede saberlo —respondo, tragando saliva, nerviosa.

Ella asiente, pensativa.

—Tienes razón. No puedo —respira profundo y me mira a los ojos ansiosos—. Es arriesgado. No lo niego. Pero la sepsis es un monstruo mucho más peligroso y probable.

El miedo me escala por el cuello y me envuelve el cuerpo entero. Pero tiene razón.

La doctora Hamid levanta el panda de peluche que descansa a mi lado, lo mira y sonríe levemente.

—Eres una luchadora, Stella. Siempre lo has sido.

Me ofrece el panda y me mira a los ojos.

—¿Entonces, mañana por la mañana?

Alargo la mano y agarro el panda, asintiendo.

—Mañana por la mañana.

—Voy a llamar a tus papás para comunicárselo —dice, y yo me quedo helada, bloqueada por una ola de terror.

—¿Puede esperar unos minutos para que yo les dé la noticia? Será más fácil si lo oyen de mí.

Ella asiente, me aprieta el hombro con fuerza y sale de la habitación. Me tumbo de espaldas, agarrada a Remiendos, presa de la ansiedad ante las llamadas que tengo que hacer. No dejo de oír a mi mamá en la cafetería, y su voz teje círculos en mi cabeza.

No sé lo que haría sin ti.

No sé lo que haría sin ti.

No sé lo que haría sin ti.

Oigo un ruido al otro lado de la puerta y al girar la cabeza veo un sobre que se desliza por debajo. La luz que se filtra bajo la puerta delata unos pies que se quedan ahí un instante antes de dar media vuelta y desaparecer.

Me levanto con cuidado y me agacho para tomar el sobre. Lo abro y saco un dibujo, una caricatura de colores tristes y opacos. Es una imagen de Will con el ceño fruncido, un ramo de flores marchitas en la mano y una burbuja al pie que dice "Lo siento".

Vuelvo a recostarme en la cama, sujeto el dibujo contra el pecho y cierro los ojos con fuerza.

La doctora Hamid dijo que era una luchadora.

Pero ya no sé lo que soy. Ya no sé lo que soy.

12

Will

Metí la pata hasta el fondo. Lo sé.

Después de dejar el dibujo, me escabullo de nuestra ala y rodeo el vestíbulo este del hospital, con el celular apretado en mi mano por si llega algo. Un mensaje de texto, una llamada de FaceTime, cualquier cosa.

A estas alturas ya habrá visto el dibujo, ¿no? Tenía la luz encendida. Pero desde la discusión que tuvimos, el silencio es absoluto.

¿Qué hago? No quiere hablar conmigo, escribo a Jason, haciendo una mueca para mí mismo. Seguro que disfruta como niño al verme tan clavado con alguien como para pedirle consejo.

Dale un poco de tiempo, hermano, responde.

Suspiro con fuerza, frustrado. Tiempo. Esta espera es una agonía.

Me siento en un banco a ver pasar a la gente que entra y sale por las puertas corredizas del hospital. Niños pequeños que se agarran nerviosos a las manos de sus papás. Enfermeras que se frotan soñolientas los ojos al terminar por fin su turno. Visitas que se abrochan ansiosas las chamarras antes de volver a sus casas a pasar la noche. Por primera vez en varios días, desearía ser uno de ellos.

Mi estómago protesta y decido ir a la cafetería y distraerme comiendo algo. Cuando estoy a punto de llegar al elevador, oigo una voz que me resulta familiar, saliendo de una habitación cercana.

—*No envíe dinero, no puede pagarlo** —dice la voz en un tono sombrío. *Dinero**. Estudié dos años de español en la prepa y apenas soy capaz de decir un par de frases, pero reconozco la palabra. Asomo la cabeza y veo que se trata de una capilla, con grandes vitrales y bancos de iglesia de madera al estilo clásico. El entorno antiguo y como de iglesia es radicalmente distinto al resto del diseño, moderno y elegante, del hospital.

Mis ojos se posan en Poe, que está sentado en la primera fila con los codos apoyados en las rodillas y habla con alguien por FaceTime.

—*Yo también te extraño* —dice—. *Lo sé. Te amo, mamá.**

Cuelga el teléfono y se pone la cabeza entre las manos. Abro un poco más la puerta gruesa y los goznes crujen con fuerza.

Él voltea, sorprendido.

—¿La capilla? —pregunto, y mi voz resuena exageradamente por las paredes de la espaciosa sala. Me acerco a él por el pasillo.

Él mira a su alrededor, con una sonrisa tenue.

* En español en el original. *(N. del T.)*

—A mi mamá le gusta verme aquí. Soy católico, pero ella lo es todavía más.

Suspira y reclina la cabeza contra el banco.

—Hace dos años que no la veo. Quiere venir a visitarme.

Mis ojos se ensanchan por la sorpresa, mientras me siento al otro lado del pasillo, a una distancia prudente. Dos años son mucho tiempo.

—¿Hace dos años que no ves a tu mamá? ¿Qué te hizo?

Él ladea la cabeza, con los ojos tristes.

—No es eso. Los deportaron a Colombia. Pero como nací aquí, no quisieron separarme de mis médicos. Estoy "bajo tutela del Estado" hasta que cumpla los dieciocho.

Mierda. Debió de ser muy duro. ¿Cómo es posible que deporten a los papás de un enfermo de FQ? Los papás de una persona terminal.

—Qué horrible —digo.

Poe asiente.

—Los extraño. Mucho.

Frunzo el ceño y me meso el pelo con los dedos.

—¡Poe, tienes que irte! Tienes que ir a visitarlos.

Él suspira y fija los ojos en la gran cruz de madera que cuelga detrás del púlpito. Pienso en la conversación que escuché sin querer. *Dinero.*[*]

—Es muy caro. Ella quiere enviarme dinero, pero no se lo puede permitir. Y no pienso quitarle la comida de la mesa…

[*] En español en el original. *(N. del T.)*

—Escucha, si es por dinero, puedo ayudarte. En serio. No quiero parecer un idiota privilegiado, pero no sería ningún problema…

Antes de terminar la frase, sé que fue un error.

—Por favor. Basta —voltea la cabeza para mirarme, y su cara se suaviza—. Ya… ya me las arreglaré.

El silencio nos invade, y el ambiente tranquilo y abierto de la gran sala resuena en mis oídos. No es sólo una cuestión de dinero. Además, sé mejor que nadie que el dinero no puede arreglarlo todo. Espero que algún día mi mamá se dé cuenta.

—Gracias, de todos modos —dice Poe por fin, sonriéndome—. De corazón.

Asiento y volvemos a quedarnos en silencio. ¿Cómo puedo estar tan harto de mi mamá, cuando a otra persona se la acaban de arrebatar? Aquí estoy yo, contando los minutos que faltan para cumplir los dieciocho, mientras Poe intenta detener el tiempo para poder tener más.

Más tiempo.

Para mí ha sido fácil renunciar. Ha sido fácil ignorar los tratamientos y concentrarme en el tiempo que me queda. Dejar de esforzarme tanto para ganar un par de segundos y nada más. Pero Stella y Poe me están contagiando el deseo de aprovechar cada segundo que pueda obtener.

Y eso me aterroriza más que cualquier otra cosa.

Esa noche me tumbo en la cama y miro al techo mientras sigo el tratamiento del inhalador sin Stella.

¿Alguna novedad?, me escribe Jason, cosa que no me ayuda demasiado, porque la respuesta es un no rotundo.

Sigo sin tener noticias suyas. Ni siquiera una nota. Pero no puedo dejar de pensar en ella. Y cuanto más silenciosa está, peor va todo. No dejo de pensar en cómo sería estar cerca de ella, alargar la mano y poder tocarla de verdad, compensar de algún modo la cagada.

Noto algo que me alcanza desde el interior del pecho, en las yemas de los dedos y en el centro del estómago. Tiendo la mano para sentir la piel suave de su brazo, las cicatrices en relieve que estoy seguro que cubren su cuerpo.

Pero nunca podré hacerlo. La distancia entre los dos nunca se evaporará ni cambiará.

Seis pies para siempre.

Suena el celular y lo agarro esperanzado, pero es sólo una notificación de Twitter. Tiro el teléfono sobre la cama, frustrado.

¿Qué te pasa, Stella? No puedes estar enojada eternamente.

¿O sí?

Tengo que arreglar las cosas.

Desconecto el inhalador y paso las piernas por encima de la cama, me pongo los zapatos y espío el pasillo para asegurarme de que hay vía libre. Veo a Julie entrando en una habitación con una sonda intravenosa y salgo rápidamente, consciente de que tengo tiempo. Camino en silencio por el pasillo, paso el mostrador vacío de las enfermeras y me quedo helado ante su puerta, al oír una música suave que suena al otro lado.

Está ahí.

Respiro profundo, toco la puerta y el sonido de mis nudillos reverbera contra la madera gastada.

Oigo cómo apaga la música y sus pasos se acercan más y más, deteniéndose frente a la puerta, dudando. Por fin la abre, y sus ojos de color avellana hacen latir con fuerza mi corazón.

Me alegro mucho de verla.

—Estás aquí —digo, con suavidad.

—Estoy aquí —responde con frialdad, apoyándose en el marco de la puerta y demostrando que no lleva todo el día ignorándome—. Recibí tu dibujo. Te perdono. Sepárate.

Retrocedo rápidamente hasta la pared del fondo, para que los frustrantes seis pies se interpongan entre nosotros. Nos quedamos mirando y ella parpadea, echa un vistazo para comprobar si hay enfermeras y baja la vista hacia los azulejos del suelo.

—Te saltaste nuestro tratamiento.

Parece impresionada de que me haya acordado, pero no dice nada. Me doy cuenta de que tiene los ojos rojos, como si hubiera estado llorando. Y dudo que sea por lo que le dije.

—¿Qué pasa?

Ella respira profundo, y cuando se pone a hablar, los nervios tiñen sus palabras.

—La piel de alrededor de mi sonda está muy infectada. A la doctora Hamid le preocupa que haya sepsis. Mañana por la mañana purgará la piel infectada y reemplazará la sonda.

La miro a los ojos y veo que no son sólo los nervios. Tiene miedo. Me gustaría alargar el brazo y darle la mano. Decirle que todo irá bien y que no habrá ningún problema.

—Me van a poner la general.

¿Qué? ¿Anestesia general? ¿Con los pulmones a 35 por ciento? ¿Se volvió loca la doctora Hamid?

Me agarro al barandal para mantener el equilibrio.

—Mierda. ¿Tus pulmones están listos para eso?

Nos quedamos viendo un instante, y parece que nos separaran millas y más millas.

Ella desvía la mirada, ignorando la pregunta.

—Recuerda tomarte la medicina de antes de ir a dormir y también de preparar la sonda alimentaria para la noche, ¿de acuerdo?

Sin darme tiempo a responder, cierra la puerta.

Me acerco a la puerta, la toco con la mano, sabiendo que ella está al otro lado. Respiro profundo, descanso la cabeza contra la puerta, y mi voz es apenas un susurro.

—Toda va a salir bien, Stella.

Mis dedos aterrizan en un cartel que cuelga de la puerta. Lo miro y leo: NINGÚN ALIMENTO NI BEBIDA DESPUÉS DE MEDIANOCHE. CIRUGÍA A LAS 6.

Retiro la mano antes de que me descubra una de las enfermeras y regreso a mi habitación. Me dejo caer sobre la cama. Normalmente, Stella lo tiene todo bajo control. ¿Por qué está tan distinta esta vez? ¿Es por sus papás? ¿Por lo baja que tiene la función pulmonar?

Me pongo de lado y mis ojos se posan sobre el dibujo de los pulmones, y esto hace que me acuerde del dibujo de su habitación.

Abby.

Por supuesto, ésta es la razón por la cual está tan asustada. Es la primera cirugía sin Abby.

Sigo sin haber arreglado las cosas. Se me ocurre una idea y me incorporo de un brinco. Saco el celular del bolsillo y pongo el despertador a las 5 de la mañana, posiblemente por primera vez en mi vida. Entonces retiro la caja de artículos de dibujo del estante y empiezo a trazar los planes.

13

Stella

Sujeto a Remiendos contra mi pecho y miro alternativamente a mi papá y a mi mamá, que están sentados a cada lado de la cama. Ambos me sonríen a medias y evitan mirarse entre ellos. Veo la foto de familia pegada a la parte posterior de la puerta, y desearía poder recuperar a esos papás, los que siempre me decían que todo saldría bien.

Respiro profundo y reprimo un ataque de tos, mientras mi papá intenta hacerme plática.

Tiene en las manos el calendario rosa que repartieron por todas las habitaciones con el menú del día de la cafetería.

—Creo que esta noche hay crema de brócoli para cenar. ¡Tu platillo favorito, Stell!

—Lo más probable es que no esté en condiciones de comer justo después de la cirugía, Tom —le espeta mi mamá, y mi papá se queda callado.

Intento mostrar algo de entusiasmo.

—Pero sí estoy en condiciones, ¡se me antoja muchísimo!

Tocan a la puerta y entra un camillero, con un gorro esterilizado y un par de guantes azules de látex. Mi papá y mi mamá se levantan, y mi papá me da la mano.

Hago lo posible por sujetarla.

—Nos vemos dentro de un rato, cariño —dice mi mamá, y ambos me dan un abrazo más largo de lo habitual. Hago una mueca de dolor cuando la sonda roza sus cuerpos, pero me aferro a ellos, sin querer soltarme.

El camillero alza las barandillas laterales de la camilla y las asegura con un clic. Contemplo el dibujo de Abby mientras me sacan rodando, y los pulmones sanos me saludan. Más que cualquier otra cosa, deseo que ella estuviera ahora conmigo, dándome la mano, cantando la canción.

El camillero me empuja por el pasillo, las caras de mis papás se difuminan a medida que se alejan más y más. Entramos en un elevador al final del pasillo. Cuando las puertas se cierran, el camillero me sonríe. Intento sonreír yo también, pero mi boca se niega a dibujar la forma. Me agarro a las sábanas, mis dedos se entrelazan con la tela.

Suena una campanilla y la puerta se abre, los pasillos que tan bien conozco se van sucediendo, pero hoy todo parece demasiado brillante, demasiado blanco para especificar dónde estoy.

Atravesamos las pesadas puertas dobles que conducen a la zona preoperatoria y llegamos a una habitación un poco más allá. El camillero asegura la camilla.

—¿Necesitas algo antes de que me vaya? —pregunta.

Niego con la cabeza e intento respirar hondo cuando él me deja sola y la habitación queda totalmente en silencio, a excepción del pitido de los monitores.

Miro al techo, haciendo un esfuerzo por ahuyentar el pánico creciente que me devora las entrañas. Lo hice todo bien. Tuve cuidado y me puse el Fudicin, tomé la medicina a las horas programadas, y a pesar de todo estoy a las puertas de una operación.

Mi obsesión por el régimen no ha servido de nada.

Creo que ahora lo entiendo. Entiendo por qué Will salió a la azotea. Haría cualquier cosa por levantarme de la camilla y correr lejos, muy lejos. A Los Cabos. Al Vaticano a ver la capilla Sixtina. A hacer todas las cosas que he evitado por miedo a enfermar todavía más, porque a pesar de todo estoy aquí, a punto de someterme a otra operación de la cual tal vez no salga viva.

Mis dedos se agarran a los barandales asegurados a ambos lados de mi cuerpo, los nudillos se ponen blancos al aumentar la presión y me dispongo a ser la luchadora de la que ayer habló la doctora Hamid. Si quiero hacer todas esas cosas, necesito más tiempo. Tengo que luchar por ellas.

La puerta se abre lentamente, y una persona alta y delgada entra con la cabeza agachada. Lleva la misma bata verde esterilizada, la mascarilla y los guantes azules que usan las enfermeras del preoperatorio, pero el pelo castaño y ondulado asoma por debajo del gorro esterilizado de color claro.

Sus ojos se encuentran con los míos y suelto los barandales, sorprendida.

—¿Qué haces aquí? —susurro, observando cómo Will se sienta en una silla a mi lado y la separa para asegurarse de que está a una distancia prudencial.

—Es tu primera operación sin Abby —se explica, con una expresión nueva que no reconozco en los ojos azules. No es de burla ni de broma, sino total y completamente abierta. Casi seria.

Trago saliva, intento detener las emociones que burbujean, las lágrimas que me nublan los ojos.

—¿Cómo lo sabes?

—Ya vi todas tus películas —responde, y los ojos se arrugan por las comisuras al sonreír—. Podríamos decir que soy un fan.

¿Todas? ¿También aquella tan vergonzosa de cuando tenía doce años?

—Es posible que me equivoque —dice, y acto seguido saca del bolsillo una hoja de papel.

Empieza a cantar, con suavidad.

—*Te quiero, un poco y un poco más...*

—Déjame. Soy una tonta —balbuceo mientras me limpio las lágrimas con el dorso de la mano y sacudo la cabeza.

—*Te quiero un poco y un poquito más y te doy un abrazo.**

La canción de Abby. Está cantando la canción de Abby. Las lágrimas se deslizan por mi cara sin que pueda conte-

---

* Se trata del estribillo de "A Bushel and a Peck", canción escrita por Frank Loesser para el musical de Broadway *Guys and Dolls*, estrenado en 1950. *(N. del T.)*

nerlas. Observo sus ojos de color azul profundo, concentrados en leer la letra en ese trozo de papel arrugado.

Noto que me estalla el corazón con un torbellino de sentimientos.

—Mi abuela cantaba esa canción. A mí nunca me gustó, pero a Abby le encantaba.

Se ríe y niega con la cabeza.

—Tuve que buscarla en Google. Vaya si es antigua.

Me río con él, asintiendo.

—Ya lo sé. ¿Qué demonios es un…?

—"¿Un barril y un pilón?" —decimos los dos a la vez, riéndonos, y sus ojos se encuentran con los míos y me hacen bailar el corazón, haciendo que el monitor que está a su lado pite cada vez más deprisa. Se inclina hacia adelante, apenas un poquito, sin entrar en la zona de peligro, pero lo suficiente para que me olvide del dolor de la sonda.

—Todo saldrá bien, Stella.

Tiene una voz profunda. Suave. Aunque la situación no pueda ser más ridícula, sé que si muero ahí dentro, no moriré sin haberme enamorado.

—¿Me lo prometes?

Él asiente y me tiende el brazo. Me ofrece el meñique enguantado desde la distancia. Yo lo acepto y hacemos una promesa de meñiques. El contacto es mínimo, pero es la primera vez que nos tocamos.

Y ahora mismo no me da miedo.

Oigo pasos que se acercan y volteo la cabeza hacia la puerta. Es la doctora Hamid, que llega acompañada por una enfermera de cirugía. Ambas empujan la puerta y entran.

—¿Lista para la acción? —dice ella, levantando el pulgar.

Aterrorizada, echo un vistazo a la silla donde Will estaba sentado.

Está vacía.

Y entonces lo veo, escondido detrás de la cortina gris, con la espalda pegada a la pared. Se lleva el dedo a la boca y se retira la mascarilla para sonreírme.

Sonrío, lo miro y empiezo a creer lo que me dijo.

Todo saldrá bien.

Unos minutos más tarde ya estoy recostada sobre la mesa de operaciones, con la sala en penumbras, a excepción de la luz cegadora que tengo directamente encima de la cabeza.

—Muy bien, Stella, ya sabes lo que tienes que hacer —dice una voz, sujetando una máscara con la mano enguantada de azul.

El corazón me retumba por los nervios, y volteo la cabeza para ver unos ojos oscuros mientras me colocan la máscara sobre la nariz y la boca. Cuando me despierte, todo habrá terminado.

—Diez —digo, mirando por detrás del anestesista, a la pared de la sala de operaciones, y mis ojos se posan sobre una forma que me resulta extrañamente familiar.

El dibujo de Abby, el de los pulmones.

¿Cómo es posible?

Por supuesto. Fue Will. Lo metió a escondidas en el quirófano. Una lágrima solitaria me baja por la mejilla y continúo contando.

—Nueve. Ocho.

Las flores se mezclan entre sí, los azules y los rosas y los blancos giran y se revuelven y se difuminan, los colores saltan de la página y vienen hacia mí.

—Siete. Seis. Cinco.

De pronto, el cielo nocturno cobra vida, vuela más allá de las flores, y las estrellas llenan el aire que me rodea. Centellean y bailan por encima de mi cabeza, tan cerca que puedo tocarlas.

Oigo una voz que tararea, en algún lugar, a lo lejos.

—Un poco y un poquito más.

—Cuatro. Tres.

Los contornos del campo de visión se vuelven negros, el mundo es cada vez más y más oscuro. Me concentro en una única estrella, un único punto de luz, que se hace más brillante y más cálido y más acogedor.

El tarareo termina y oigo una voz, lejana y apagada. Abby. Dios mío. Es la voz de Abby.

—… vuelve… no.

—Dos —susurro, sin saber si lo hago para mis adentros o lo digo en voz alta. Y entonces la veo. Veo a Abby frente a mí, al principio borrosa, luego tan clara como el día. El cabello rizado como el de mi papá, la sonrisa exuberante, los ojos de color avellana idénticos a los míos.

—… más… tiempo…

Me empuja, me aleja de la luz.
—Uno.
Oscuridad.

14

Will

Empujo silenciosamente la puerta, miro a ambos lados para escabullirme del área preoperatoria y estoy a punto de chocar contra una enfermera. Aparto rápidamente la mirada y me subo la mascarilla para disimular mientras ella entra.

Doy unos pasos rápidos y me escondo junto al hueco de la escalera. Hay un hombre y una mujer sentados el uno frente al otro en la vacía sala de espera.

Los observo con atención. Me parecen conocidos.

—¿Puedo hacerte una pregunta? —dice el hombre, y la mujer levanta la vista para mirarlo a los ojos, con la mandíbula tensa.

Se parece a Stella en mayor. Los mismos labios carnosos, las mismas cejas espesas, los mismos ojos expresivos.

Los papás de Stella.

Ella asiente una sola vez, con expresión cautelosa. La tensión es evidente. Sé que debería irme. Sé que debería abrir la puerta que lleva a la escalera y volver a mi habitación antes de meterme en una bronca, pero algo me impulsa a quedarme.

—Los azulejos del baño son… morados, creo. ¿De qué color tengo que poner el tapete…?

—Negro —responde ella, agachando la cabeza y mirándose las manos, el pelo le cae sobre el rostro.

Hay un instante de silencio y veo que la puerta que da al pasillo se abre ligeramente y Barb se desliza por el hueco. Ninguno de los dos se da cuenta de su presencia. El papá de Stella se aclara la garganta.

—¿Y las toallas?

Ella levanta las manos, exasperada.

—Da igual, Tom.

—Sí importaba cuando pintamos el estudio. Dijiste que la alfombra…

—¿Nuestra hija está en cirugía y tú te pones a hablar de toallas? —le espeta ella, con la cara lívida. Nunca había visto a Barb tan enojada. Cruzada de brazos, contempla con disgusto la discusión.

—Sólo quiero hablar —dice el papá de Stella con suavidad—. De cualquier cosa.

—Por el amor de Dios. Me estás matando. Basta ya… —su voz se apaga al caer en la cuenta de la presencia de Barb, cuya cara se ha ido irritando más y más hasta alcanzar la misma expresión que nos dedica cuando nos portamos mal.

Respira profundo, llevándose todo el aire de la habitación.

—Sé que habrá sido durísimo perder a Abby —dice, con la voz mortalmente seria—. Pero Stella —señala a las puertas del preoperatorio, tras las cuales Stella está tumbada en una mesa a punto de ser intervenida—, Stella está ahí dentro luchando por su vida. Y lo hace por ustedes.

Ambos apartan la mirada, avergonzados.

—Si no pueden ser amigos, por lo menos sean adultos —concluye Barb, con la voz llena de frustración.

Bien dicho, Barb. Diste en el clavo.

La mamá de Stella sacude la cabeza.

—No puedo tenerlo cerca. Le miro la cara y veo a Abby.

Su papá levanta la cabeza rápidamente, la mira un momento y vuelve a desviar la mirada.

—Yo veo a Stella cuando te miro.

—Son sus papás. ¿Se olvidaron de esa parte del trato? ¿Saben que cuando supo que iban a operarla insistió en decírselos ella misma porque tenía miedo de cómo reaccionarían? —dice Barb.

Por Dios, no me extraña que Stella esté tan obsesionada con mantenerse con vida. Estas personas perdieron a su hija y luego se perdieron el uno al otro. Si ella muere, es muy probable que se vuelvan locos.

Mi papá nos abandonó antes de que yo me pusiera cada vez más enfermo, antes de que la FQ me desgastara el cuerpo. No podía soportar la idea de un hijo enfermo. Y todavía menos la idea de un hijo muerto. Pero ¿dos?

Por fin, sus papás se miran de verdad, y un silencio lastimoso se apodera de ellos.

Stella nos ha estado cuidando a todos. A su mamá, a su papá, a mí. Yo sigo contando los días que faltan para cumplir los dieciocho, alcanzar la mayoría de edad y tomar mis decisiones. Tal vez sea el momento de actuar como si ya fuera adulto. Tal vez haya llegado el momento de cuidarme solo.

Parpadeo al ver que Barb me ve. Sus ojos se agrandan al mismo tiempo que los míos.

Oh-oh. Soy como un ciervo cegado por las luces de un coche, sin saber si tengo que salir corriendo o aguantar lo que me espera. Dudo demasiado y ella se abalanza sobre mí, me agarra por el brazo y me jala hacia el elevador.

—Oh, no.

Se abren las puertas del ascensor y Barb me arrastra al interior.

Pulsa con insistencia el botón del tercer piso, sacudiendo la cabeza. Noto la ira que irradia literalmente todo su ser.

—Escucha, Barb, sé que estás enojada, pero Stella tenía miedo. Tenía que verla…

Se cierran las puertas y ella me mira con la cara hecha un trueno.

—Podrías matarla, Will. Podrías estropear las pocas posibilidades que tiene de conseguir unos pulmones nuevos.

—Corre más peligro por la anestesia que por estar conmigo —le respondo.

—¡Te equivocas! —grita Barb mientras el elevador se detiene y las puertas se abren. Se aleja hecha una furia y yo la sigo.

—¿Qué intentas decirme, Barb? —la llamo.

—Trevor Von y Amy Presley. Jóvenes con FQ, como Stella y como tú —responde Barb, girándose sobre sus talones—. Amy ingresó con B. cepacia.

Sus ojos están tan serios que me abstengo de hacer uno de mis típicos comentarios. Ella continúa.

—Yo era joven, de la edad de Julie. Era nueva en esto. Nueva en la vida.

Su mirada se traslada a otra época.

—Trevor y Amy estaban enamorados. Todos conocíamos las reglas. Ningún contacto, seis pies de distancia. Y yo —se señala a sí misma— permití que desobedecieran las reglas porque quería que fueran felices.

—Déjame adivinar, ¿murieron los dos? —pregunto, intuyendo el final mucho antes de que me lo cuente.

—Sí —responde ella, mirándome a los ojos y conteniendo las lágrimas—. Trevor contrajo la B. cepacia de Amy. Amy vivió una década más. ¿Y Trevor? Lo borraron de la lista de trasplantes y vivió apenas dos años después de que las bacterias le afectaran la función pulmonar.

Mierda.

Trago saliva, la veo a ella y a la habitación de Stella, más allá del mostrador de las enfermeras. La lista de cosas que pueden sucedernos a los que tenemos FQ, las historias de fantasmas que nos cuentan son interminables. Pero al oír a Barb hablando de Trevor y Amy, no parece una historia de fantasmas en absoluto.

—Ocurrió durante mi turno, Will —dice, señalándose y sacudiendo la cabeza con obstinación—. No voy a permitir que vuelva a suceder.

Dicho esto, da media vuelta y me deja allí, sin habla.

Veo a Poe junto al umbral de su puerta, con una expresión inescrutable. Escuchó toda la conversación. Abre la boca para decir algo, pero yo levanto la mano para interrumpirlo. Me dirijo a mi habitación y cierro de un portazo.

Tomo la computadora del buró y me siento sobre la cama. Mis dedos se ciernen sobre el teclado, y busco. Busco *B. cepacia*.

Las palabras se me echan encima.

Contagio.

Riesgo.

Infección.

Con una simple tos, con un simple contacto, podría arruinarle la vida entera. Podría arruinar sus posibilidades de conseguir unos pulmones nuevos. Podría perjudicar a Stella.

Supongo que ya lo sabía. Pero no lo veía.

Pensar en esto hace que me duela cada hueso. Es peor que las cirugías, o que las infecciones, o que despertarse una mañana mala sin poder respirar. Peor todavía que el dolor de estar en la misma habitación que ella y no poder tocarla.

Muerte.

Eso es lo que soy. Lo que soy para Stella.

Lo único peor que no poder estar a su lado sería vivir en un mundo en el que no existiera. Y aun menos si la culpa fuera mía.

15

Stella

—Es hora de despertarse, cariño —dice una voz, desde algún lugar lejano.

Es la voz de mi mamá, que ahora parece más cerca. Justo a mi lado.

Respiro profundo, el mundo se va enfocando, tengo la cabeza nublada. Parpadeo y su rostro va tomando forma. Mi papá está de pie, a su lado.

Estoy viva. Lo logré.

—Ahí está mi Bella Durmiente —dice ella, y yo me froto los ojos, adormilada. Sé que me acabo de despertar, pero estoy agotada.

—¿Cómo te encuentras? —pregunta mi papá, y yo respondo con un gruñido soñoliento, sonriéndole a los dos.

Tocan a la puerta y entra Julie, empujando una silla de ruedas para bajarme a mi habitación. Y a mi cama. Gracias a Dios.

Levanto el pulgar como si pidiera aventón, y grito:

—¿Me llevas?

Julie se ríe, y mi papá me ayuda a bajar de la camilla y a sentarme en la silla de ruedas. No sé qué calmantes me suministraron, pero deben de ser fuertes. No siento la cara, y mucho menos el dolor de la sonda.

—¡Pasaremos a verte más tarde! —dice mi papá, y yo levanto el pulgar otra vez, pero de pronto me quedo helada.

Un momento.

Pasaremos.

¿Pasaremos a verte más tarde?

—¿Me desperté en un universo paralelo? —refunfuño, frotándome los ojos y mirándolos con suspicacia.

Mi mamá sonríe y me acaricia el pelo para reconfortarme, a la vez que mira a mi papá.

—Eres nuestra hija, Stella. Siempre lo has sido y siempre lo serás.

Qué fuertes son los calmantes.

Abro la boca para decir algo, pero estoy estupefacta y exhausta para hilar una frase. Me limito a asentir y a balancear la cabeza de manera incontrolada.

—Duerme un poco, cariño —dice mi mamá y me estampa un beso en la frente.

Julie me lleva al elevador. Me resulta casi imposible mantener los ojos abiertos. Las pestañas pesan más que un saco de papas.

—Ay, Jules, estoy reventada —digo, arrastrando las palabras. Giro un poco la cabeza y veo su panza embarazada justo por encima de mi hombro.

Se abren las puertas del elevador y me empuja hasta mi habitación, y una vez allí asegura las ruedas de la silla.

—La piel y el tubo tienen mucho mejor aspecto. Esta tarde ya podrás levantarte. Pero no hagas abdominales.

Haciendo un gran esfuerzo y con la ayuda de Julie, me incorporo lentamente y me meto en la cama. Las piernas y los brazos parecen de plomo. Me arregla la almohada y me arropa con suavidad, colocando las mantas sobre mi cuerpo.

—Podrás abrazar a tu bebé —digo, con un suspiro soñoliento y triste.

Julie me mira a los ojos. Se sienta al borde de la cama y emite un largo suspiro.

—Voy a necesitar tu ayuda, Stella. Estoy sola —me sonríe y me mira con sus ojos azules y cariñosos—. No se me ocurre nadie en quien pueda confiar más.

Alargo el brazo y, con la máxima suavidad, le doy un par de golpecitos en el estómago con mi mano agotada.

Perfecto.

Sonrío.

—Voy a ser la mejor tía de la historia.

La tía Stella. Yo. ¿Tía? Adormilada, me tumbo en la cama. La cirugía y los calmantes pueden por fin conmigo. Ella me da un beso en la frente y se va, la puerta se cierra suavemente tras ella. Me hundo en la almohada, me enrosco y abrazo con fuerza el panda de peluche. Miro el buró, los ojos se me cierran lenta… ¡Un momento! Me incorporo para agarrar una caja envuelta en papel de regalo y atada con un lazo rojo.

Desato el lazo, la caja se abre y aparece un colorido y troquelado ramo de flores, las mismas lilas moradas y hortensias moradas y flores silvestres blancas del dibujo de Abby, que de pronto han cobrado vida.

Will.

Sonrío, dejo la caja sobre el buró y busco a tientas el teléfono. Lo encuentro y tardo un mundo en concentrarme en la pantalla para buscar el número de Will. Marco, escucho los pitidos, mis ojos se cierran al oír el buzón. Me sobresalto al oír el bip, empiezo a hablar arrastrando las palabras.

—¡Soy yo! Stella. No me llames, ¿de acuerdo? Porque me acaban de operar y estoy muy cansada, pero llámame cuando… oigas esto. Pero no, no lo hagas. ¿Ok? Porque si oigo tu voz tan sexy, no podré dormir. Sí. Entonces llámame, ¿de acuerdo?

Hurgo torpemente en el celular y consigo pulsar el botón para apagarlo. Me enrosco, jalo las mantas y vuelvo a abrazar al panda. Miro las flores y por fin me quedo dormida.

El celular empieza a sonar y me saca del profundo sueño postoperatorio. Doy un par de vueltas en la cama, abro los ojos y los noto menos pesados. Poe me llama por FaceTime. Toco con torpeza la pantalla hasta que consigo pulsar el botón verde y su cara aparece.

—¡Estás viva!

Sonrío, me froto los ojos y me levanto. Sigo teniendo sueño, pero el efecto de los medicamentos ya ha disminuido lo suficiente como para no sentir pesada la cabeza.

—Hola. Estoy viva —digo, y mis ojos se agrandan al posarse sobre el precioso ramo de flores troquelado que sigue encima del buró—. El tubo tiene buen aspecto.

Will. Recuerdo vagamente haber abierto el ramo.

Repaso rápidamente mis mensajes de texto. Dos de mi mamá. Tres de Camila. Uno de Mya. Cuatro de mi papá. Todos quieren saber cómo me encuentro.

No hay ninguno de Will.

Mi corazón se desploma unos veinte pisos.

—¿Ya hablaste con Will? —pregunto, con el ceño fruncido.

—Qué va —dice Poe, negando con la cabeza. Parece que quisiera decir algo más, pero no lo hace.

Respiro profundo, toso y noto que me duele el costado en el lugar donde se me había infectado la piel. Ay. Me muevo un poco. El dolor está ahí, sin duda. Pero es soportable.

Tengo un mensaje en Instagram y lo abro para comprobar que se trata de una respuesta de Michael que he recibido mientras dormía. Me escribió ayer en la noche para ver cómo estaba Poe, interesándose por su bronquitis. Y (esto sí que me sorprende) me preguntó si iba a ir a visitar a sus papás en Colombia. Ni siquiera sabía que lo estuviera considerando.

Estuvimos hablando durante una hora, me dijo que se alegraba de que estuviera con Poe en el hospital y me habló de lo genial que es Poe.

No entiende por qué la cosa acabó.

Michael lo quiere mucho.

—Me escribió Michael —digo, y levanto la mirada para ver la reacción de Poe. Sigo alternando con el FaceTime.

—¿Qué? —pregunta, sorprendido—. ¿Por qué?

—Quería saber si estabas bien —la expresión de Poe es inescrutable, sus ojos están serios—. Es un amor. Parece que te quiere de verdad.

Pone los ojos en blanco.

—Ya te estás metiendo en mis asuntos. Está claro que estás plenamente recuperada.

Poe está echando a perder el amor. Porque tiene miedo. Miedo de ir hasta el final. Miedo de introducir a alguien en toda la mierda por la que tenemos que pasar. Sé lo que se siente al tener ese miedo. Pero ese miedo no impide que todo empeore.

—Yo ya no lo quiero más.

—Lo único que digo —continúo, encogiéndome de hombros, aunque hablo muy en serio— es que le preocupa mucho que estés enfermo.

A Michael le da igual que Poe tenga FQ. Lo que no soporta es no poder estar a su lado para ayudarlo.

Cuando tienes FQ, no sabes cuánto tiempo te queda. Pero, honestamente, tampoco sabes cuánto tiempo les queda a tus seres queridos. Mi mirada viaja hasta el ramo de flores.

—¿Y qué eso de ir a visitar a tu familia? Vas a ir, ¿verdad?

—Llámame cuando hayas dejado las drogas —responde, y después de fulminarme con la mirada, cuelga.

Escribo un rápido mensaje a mis dos progenitores, pidiéndoles que se vayan a casa a descansar un poco, porque ya es tarde y necesito dormir un poco más. Llevan horas aquí metidos, y no quiero que sigan esperando a que me despierte cuando lo que necesitan es cuidarse un poco más.

Sin embargo, ambos protestan, y unos minutos más tarde tocan a la puerta y aparecen los dos, juntos, asomando la cabeza.

Recuerdo vagamente el "nosotros" de cuando me desperté, porque es la primera vez que ambos forman un frente común desde la muerte de Abby.

—¿Cómo te encuentras? —pregunta mi mamá, sonriéndome y besándome en la frente.

Me levanto un poco.

—Escuchen, deberían irse los dos, llevan horas aquí metidos…

—Somos tus papás, Stell. Aunque no estemos juntos, seguimos estando contigo —dice mi papá, tomándome la mano y apretándola—. Tú siempre eres lo primero. Y estos últimos meses… no hay duda de que no te lo hemos demostrado.

—Estos últimos meses han sido duros para todos —dice mi mamá, compartiendo con mi papá una expresión comprensiva—. Pero hacernos sentir mejor no depende de ti, ¿de acuerdo? Somos tus papás, cariño. Más que cualquier otra cosa, queremos que seas feliz, Stella.

Asiento. Ni en un millón de años hubiera esperado esto.

—Por cierto —continúa mi papá, dejándose caer de golpe sobre la silla que hay junto a mi cama—. La sopa estaba buenísima. Puedes despotricar todo lo que quieras de la comida de la cafetería, pero el brócoli con queso estaba de muerte.

Mi mamá y yo nos miramos, y las sonrisas se convierten en grandes carcajadas que me veo obligada a reprimir para evitar el dolor en la nueva sonda alimentaria. La tristeza continúa, pero noto que cierta parte del peso que recae sobre mis hombros se desvanece lentamente, y aspiro el aire, y respiro un poco mejor que desde hace mucho tiempo. Tal vez la cirugía no me haya salido del todo mal.

Me quedo dormida un rato después de que se fueron mis papás, y al despertarme una hora más tarde, con la vista algo menos nublada, ya se me quitó el abotargamiento de la anestesia. Me incorporo lentamente, estiro los brazos, y el dolor de la cirugía me tira del costado y del pecho. El efecto de los calmantes también está pasando.

Me levanto la camisa para echar un vistazo. Todavía tengo la piel cruda y dolorida tras la operación, pero la zona cercana a la sonda ya tiene un aspecto un millón de veces mejor.

Me fijo en el ramo y sonrío emocionada, me levanto con cuidado y aspiro profundamente. Los pulmones luchan por sacar e inhalar el aire, y retiro el oxígeno portátil del buró, me pongo el catéter en la nariz y lo conecto para echarles una mano.

Escribo a Mya y a Camila para que sepan que estoy despierta y que no se preocupen. Estoy como nueva. Es decir, vuelvo a estar al 35 por ciento.

Todavía tengo que contarles lo que pasó con mis papás, pero ellas están a punto de subir a un barco y yo también tengo algo que hacer.

Moviéndome con mucha lentitud y precaución me pongo unos *leggings* y la camiseta desteñida que me regaló Abby cuando fue de excursión al Gran Cañón. Me miro en el espejo y veo que tengo más ojeras que nunca. Me cepillo rápidamente el pelo y me lo recojo en una cola de caballo. Frunzo el ceño al ver que no me queda tan bien como pensaba.

Vuelvo a soltarme el pelo y asiento satisfecha al ver cómo me cae suavemente sobre los hombros. Saco la bolsa de maquillaje del fondo del clóset, me pongo un poco de rímel y de brillo de labios y sonrío ante la idea de que Will me vea no solamente viva, sino maquillada, y pienso en sus ojos azules cuando vean mis labios brillantes. ¿Tendrá ganas de besarme?

Nunca podremos hacerlo, pero ¿él querría?

Me sonrojo, niego con la cabeza y le envío un mensaje rápido, le propongo vernos en el atrio dentro de diez minutos.

Me ajusto al hombro la correa del oxígeno portátil, tomo el camino más rápido, subo con el elevador y atravieso el puente que lleva al Edificio 2, y luego vuelvo a bajar las escaleras hasta el atrio, que ocupa la mitad posterior del edificio. Me siento en un banco, observo los árboles y las plantas, la fuente de piedra que gotea suavemente a mis espaldas.

El corazón me late con ansiedad ante la idea de verlo dentro de pocos minutos.

Impaciente, saco el celular para consultar la hora. Ya pasaron diez minutos desde que le escribí a Will y todavía no llega.

Le envío otro mensaje: Estoy aquí. ¿Recibiste mi mensaje? ¿Dónde estás?

Pasan diez minutos más. Y diez más.

¿Tal vez esté dormido? ¿O tal vez sus amigos vinieron a visitarlo y no ha tenido oportunidad de revisar el celular?

Volteo al oír la puerta que se abre y sonrío emocionada de volver a ver, por fin, a... Poe. ¿Qué hace Poe aquí?

Me mira con la cara seria.

—Will no va a venir.

—¿Qué? —consigo decir—. ¿Por qué no va a venir?

—No quiere verte. No va a venir.

¿No quiere verme? ¿Cómo? Poe me ofrece un paquete de pañuelos de papel, y yo alargo la mano para tomarlos, presa de una gran confusión.

—Me encargó que te diga que esa cosita que tenían los dos terminó.

La sorpresa y la pena se convierten en una rabia, profunda y real, que me desgarra el estómago. ¿Por qué me cantó la canción de Abby antes de la operación? ¿Por qué se coló hasta la zona preoperatoria con el riesgo de que lo descubrieran? ¿Por qué me fabricó un ramo de flores si esa "cosita" que teníamos terminó?

Una lágrima de frustración me baja por el rostro y rasgo el paquete de pañuelos para abrirlo.

—Lo odio —digo, secándome los ojos furiosamente.

—No, no lo odias —dice Poe, que me mira con la espalda apoyada contra la pared. Habla con una voz suave pero realista.

Me río, sacudo la cabeza.

—Se habrá hartado de la loca controladora de la 302, ¿verdad? Me extraña que no me lo haya dicho en persona para poder reírse de mí en la cara. Qué impropio de él.

Resoplo y hago una pausa, porque aunque estoy enojada, hay algo que no encaja. Esto no tiene ningún sentido.

—¿Está bien? ¿Pasó algo?

Poe niega con la cabeza.

—No, no pasó nada —hace una pausa y sus ojos buscan refugio en la fuente que gotea detrás de mí—. Bueno, rectifico —me mira a los ojos—. Lo que pasó es Barb.

Me cuenta la conversación que oyó en el pasillo, cuando Barb advirtió a Will del riesgo de lo nuestro y le dijo que estar juntos nos mataría a los dos.

Ni siquiera dejo que termine. ¿Cuánto tiempo voy a seguir viviendo temerosa de lo que pueda pasar? Mi vida gira alrededor de un régimen y unos porcentajes obsesivos, y teniendo en cuenta que acabo de pasar por cirugía, no parece que el riesgo vaya a disminuir jamás. Cada minuto de mi vida es un "qué pasaría si", y con Will no sería distinto.

Pero hay una cosa que sé perfectamente. Sin él será distinto.

Hecha una loca, paso por delante de Poe, empujo la pesada puerta, subo las escaleras y atravieso el puente en dirección a los elevadores.

—¡Espera, Stella! —me llama, pero yo necesito ver a Will. Necesito que me diga que esto es lo que quiere.

Aporreo el botón del elevador, una y otra vez, pero tarda demasiado. Miro a ambos lados y veo que Poe viene detrás de mí, con una expresión confundida. Me dirijo al hueco de la escalera, tosiendo y agarrándome el costado, porque el dolor de la operación es cada vez más intenso. Abro la puerta y me lanzo por las escaleras.

Vuelvo a nuestro piso, abro violentamente la puerta doble y aporreo la puerta de la 315. Miro al mostrador de las enfermeras y siento un gran alivio al ver que está vacío.

—Will —jadeo, con el pecho agitado—. No voy a irme hasta que hables conmigo.

Hay un silencio. Pero sé que está ahí.

Los pasos de Poe resuenan por el pasillo. Se detiene a seis pies de mí.

—Stella —resopla, sacudiendo la cabeza, con el pecho agotado por la persecución.

Lo ignoro y vuelvo a tocar. Esta vez más fuerte.

—¡Will!

—Vete, Stella —dice una voz desde detrás de la puerta. Hay una pausa. Y entonces—: Por favor.

Por favor. Hay algo especial en su tono. Una añoranza profunda y sentida.

Estoy harta de vivir sin vivir de verdad. Estoy harta de desear cosas. Hay muchas cosas que no podemos tener. Pero podríamos tener ésta.

Lo sé.

—Will, abre la puerta para que podamos hablar.

Pasa un minuto entero, pero por fin se abre la puerta, lo justo para ver su sombra sobre el suelo de azulejos. En vista de que no sale, retrocedo hasta la pared opuesta, como hago siempre.

—Me hago para atrás, ¿de acuerdo? Hasta la pared. Me pondré lo bastante lejos.

Las lágrimas vuelven a llenar mis ojos. Trago saliva e intento contenerlas.

—No puedo, Stella —dice con suavidad. Agarra con la mano el marco de la puerta a través de la abertura.

—¿Por qué no? Will, por favor…

Me interrumpe, con la voz firme.

—Sabes que quiero. Pero no puedo.

Está compungido. Y lo sé.

Sé, en ese preciso instante, que esa "cosita" que tenemos no ha terminado aún. En realidad, apenas está empezando.

Doy un paso hacia la puerta. Necesito verlo más que el aire que respiro.

—Will…

La puerta se cierra en mis narices, el cerrojo hace clic. Me le quedo viendo, estupefacta, y siento que me estoy quedando sin aire.

—Tal vez sea mejor así —dice una voz a mis espaldas.

Volteo y veo a Poe, que sigue allí plantado con los ojos tristes, pero con la voz decidida.

—No —niego con la cabeza—. No. Encontraré la solución… Debo… debo encontrar una solución, Poe. Sólo…

Incapaz de continuar, miro al suelo. Debe de haber una manera.

—No somos normales, Stell —dice Poe con suavidad—. No podemos permitirnos tomar este tipo de decisiones.

Levanto la cabeza como un rayo y lo miro con rabia. Con tanta gente que está contra nosotros…

—¡Por favor! Tú también, no.

—Reconoce lo que está pasando —me responde, tan frustrado como yo. Nos quedamos viendo y él niega con la cabeza—. Will es un rebelde. Es una persona que toma riesgos, igual que Abby.

Mis entrañas se congelan.

—¿Vas a decirme lo que tengo que hacer con mi vida? —le grito—. ¿Y la tuya? Tim y tú. Rick y tú. Marcus. Michael.

Se le tensa la mandíbula.

—¡No me vengas con eso, Stella!

—¡Por supuesto que lo haré! —continúo, como un huracán—. Todos sabían que estabas enfermo y te querían igual. Pero tú huiste, Poe. No ellos. Tú. Todas las veces —bajo la voz, muevo la cabeza, lo desafío—. ¿De qué tienes miedo, Poe?

—¡No sabes de qué hablas! —me responde a gritos, con la voz llena de furia, y sé que di en el clavo.

Me acerco un poco más, lo miro a los ojos.

—Has arruinado cada oportunidad que has tenido de enamorarte. De modo que, por favor, guárdate tus consejos.

Giro sobre mí misma y vuelvo a paso firme a mi habitación, todavía zumbando de ira. Oigo su puerta que se cierra de golpe a mis espaldas y resuena por todo el pasillo. Entro en la habitación y cierro la puerta con la misma fuerza.

Miro fijamente la puerta cerrada, los pulmones suben y bajan para recuperar el aliento, todo está en silencio excepto el silbido de mi oxígeno y el latido de mi corazón. Me fallan las piernas y me deslizo sobre el suelo, cada fibra de mi cuerpo cede de pronto por culpa de la operación y de Will y de Poe.

Tiene que haber una manera. Hay una manera. Sólo tengo que encontrarla.

* * *

Los días siguientes se desdibujan. Mis papás vienen a verme, por separado, y luego otra vez juntos el miércoles por la tarde, y se comportan, si no amistosamente, por lo menos cordialmente entre ellos. Llamo por FaceTime a Mya y a Camila, pero sólo a ratitos, porque siguen de vacaciones en Los Cabos. Deambulo por el hospital, tacho los tratamientos en mi aplicación de manera poco entusiasta y sigo el régimen, como se supone que debo hacerlo, pero ya no me satisface como antes.

Nunca me había sentido tan sola.

Ignoro a Poe. Will me ignora a mí. Sigo pensando en un modo de arreglar todo esto, pero no se me ocurre nada.

El jueves por la noche estoy sentada en la cama, buscando *B. cepacia* en Google por un millonésima vez, cuando se oye un chasquido contra mi puerta. Me incorporo con el ceño fruncido. ¿Qué puede ser? Me acerco, abro la puerta con lentitud y veo un bote que reposa contra el marco con una etiqueta elegantemente escrita a mano: TRUFAS NEGRAS DE INVIERNO. Me agacho, lo recojo y veo un Post-it rosa pegado a la parte superior. Lo arranco y leo: "Tienes razón. Por una vez ☺".

Poe. Me invade una sensación de alivio.

Sonrío por primera vez en cuatro días. Espiando por el pasillo, veo la puerta que se cierra. Agarro el celular y marco su número.

Responde en una décima de segundo.

—¿Te invito una dona? —pregunto.

Nos encontramos en el salón multiusos, saco un paquete de sus mini donas de chocolate favoritas de la máquina expendedora y se lo lanzo al sillón donde está sentado.

Él lo atrapa al vuelo y me mira mientras me compro un paquete para mí.

—Gracias.

—Por nada —digo, sentándome frente a él. Sus ojos se me clavan como dagas.

—Zorra —me ataca.

—Tonto.

Nos sonreímos, dando por terminada oficialmente nuestra batalla.

Abre el paquete, saca una dona y da un mordisco.

—Tengo miedo —reconoce, mirándome a los ojos—. ¿Sabes lo que gana una persona por quererme? Tener que ayudarme a pagar todos mis tratamientos, y luego verme morir. ¿Te parece justo?

Lo escucho y entiendo lo que quiere decir. Creo que la mayoría de personas con una enfermedad terminal ha batallado alguna vez con esto. El hecho de sentirse una carga. Yo me he sentido así con mis papás más veces de las que puedo contar, sobre todo en los últimos meses.

—Seguro médico. Medicamentos. Estancias en el hospital. Cirugías. Cuando cumpla dieciocho ya no tendré cobertura total.

Respira hondo, su voz es cautivadora.

—¿Tiene que ser ése el problema de Michael? ¿O de mi familia? Es mi enfermedad, Stella. Es mi problema.

Una lágrima le baja por la mejilla y se la limpia rápidamente. Me inclino hacia adelante, con ganas de consolarlo, pero como siempre, estoy a seis pies de distancia.

—Eh —digo, con una gran sonrisa—. Tal vez puedas convencer a Will de que se case contigo. Es rico.

Poe se ríe.

—No es exigente. Le gustas tú —me provoca.

Le tiro una dona y acierto justo en el pecho.

Continúa riendo hasta que su expresión se vuelve seria otra vez.

—Lo siento. Lo que pasó con Will.

—Yo también.

Trago saliva, y mis ojos se fijan en el pizarrón de anuncios que tiene justo detrás, lleno de papeles, notas y un aviso de higiene. En el aviso hay unas caricaturas que explican a la gente la manera adecuada de lavarse las manos o la forma correcta de toser en público.

Doy un brinco porque se me acaba de ocurrir una idea.

Mi lista de asuntos pendientes acaba de aumentar.

16

Will

Con las piernas colgando del borde de la azotea, escucho su mensaje en el buzón una y otra vez, sólo para oír su voz. La habitación está a oscuras, a excepción de la luz del escritorio, y la veo escribir frenéticamente frente a la computadora, con el pelo castaño recogido en un chongo descuidado.

¿Qué puede estar haciendo a estas horas de la noche? ¿Todavía piensa en mí?

Levanto la mirada y veo que empieza a nevar ligeramente, y los copos aterrizan sobre mis mejillas, mis párpados y mi frente.

A lo largo de estos años he subido a la azotea de docenas de hospitales. He contemplado el mundo bajo mis pies y he experimentado la misma sensación en todas ellas. El deseo de caminar por la calle o de nadar en el mar o de vivir la vida de un modo que nunca he tenido oportunidad de vivir.

Desear algo que no podía tener.

Pero ahora lo que quiero no está afuera. Está aquí, tan cerca que puedo tocarlo. Pero tampoco puedo. No sabía que fuera posible desear tanto algo hasta el punto de sentirlo en tus brazos y en tus piernas y en cada aliento que respiras.

Suena el celular y lo miro para ver la notificación de su aplicación, el emoticono de un pequeño frasco de pastillas bailando.

¡Medicinas para ir a dormir!

No me explico por qué sigo haciéndolo. Y sin embargo me levanto, me dirijo a la puerta que da al hueco de la escalera y recojo la cartera antes de que se cierre de golpe. Bajo lentamente las escaleras hasta el tercer piso, me aseguro de que no haya nadie en el pasillo y me escabullo hasta mi habitación.

Del carrito de las medicinas saco las pastillas para antes de ir a dormir y me las tomo con pudín de chocolate, como ella me enseñó. Me quedo mirando el dibujo que hice antes, un autorretrato interpretando el papel de la Parca, con la hoja de la guadaña rezando "AMOR".

¿Sigues bien?, me escribe Hope.

Suspiro, me quito la gorra y respondo con otro mensaje, disfrazando un poco la verdad.

Sí, estoy bien.

Regulo la sonda alimentaria y me meto en la cama. Agarro la computadora del buró y abro YouTube, doy clic solemnemente en un video sugerido de Stella que ya vi, porque a estas alturas soy así de patético.

Hope y Jason no me reconocerían.

Bajo el volumen y veo cómo se pasa el pelo por detrás de la oreja cuando se concentra, y el modo en que echa la cabeza atrás cuando se ríe, y la manera en que cruza los brazos por delante del pecho cuando está nerviosa o enojada. Miro cómo mira a Abby y a sus papás, incluso cómo bromea con sus amigas, pero, sobre todo, observo la forma en que la gente la quiere. No lo veo solamente en su familia. Lo veo en los ojos de Barb, en los ojos de Poe, en los ojos de Julie. Lo veo en cada médico y en cada enfermera y en cada persona que se cruza en su camino.

Caramba, es que ni siquiera los comentarios que recibe son la basura habitual de la mayoría de videos de YouTube.

Al cabo de poco, no puedo seguir mirando. Cierro la computadora, apago la luz y permanezco tumbado en la oscuridad, notando en el pecho cada latido, fuerte y decidido.

Al día siguiente miro por la ventana, contemplo el sol de la tarde de invierno que se acerca lentamente al horizonte mientras siento la vibración incansable del chaleco Afflo sobre mi pecho. Consulto el celular y me sorprende encontrar un mensaje de mi mamá, que se dirige a mí, y no a mis médicos, por primera vez desde su visita de hace casi dos semanas: He oído que estás siguiendo los tratamientos. Me alegra que hayas tomado esta decisión.

Pongo los ojos en blanco y tiro el celular sobre la cama, después toso un montón de moco en la bacinica que sostengo entre las manos. De pronto miro hacia la puerta. Acaban de deslizar un sobre por debajo, con mi nombre escrito en la parte frontal.

Sé que no debería hacerme ilusiones, pero desconecto el chaleco Afflo y salto a recogerlo del suelo. Rasgo el sobre para abrirlo, extraigo un trozo de papel cuidadosamente doblado, lo despliego y veo que es una caricatura hecha totalmente con crayola.

Hay un chico alto con el pelo ondulado delante de una chica bajita, y la crayola negra los identifica como Will y Stella. Sonrío al descubrir los pequeños corazones rosas que flotan por encima de sus cabezas, y me río al ver la flecha gigante que reza "CINCO PIES A TODAS HORAS" en letras grandes, rojas y brillantes.

Es evidente que Stella no heredó la habilidad artística de Abby, pero es bonito. ¿Qué intenta decir, exactamente? ¿Y lo de "cinco pies"? Son seis pies, y ella lo sabe.

La computadora suena a mis espaldas y corro a buscarla, arrastro el dedo por encima del panel táctil y veo un nuevo mensaje. De Stella.

Es un enlace a un video de YouTube. Cuando le doy clic, me conduce al video más reciente de Stella, subido hace exactamente tres minutos.

"B. cepacia. Una hipótesis."

Sonrío con precaución al ver el título y veo que Stella saluda a la cámara, con el pelo recogido en el mismo chongo descuidado que vi ayer en la noche desde la azotea, y un montón de objetos cuidadosamente ordenados sobre su cama delante de ella.

—¡Hola a todos! Bien, hoy quiero hablar de algo un poco distinto. La Burkholderia cepacia. Sus riesgos, las restricciones, las reglas de comportamiento ¡y cómo decirlo diez veces sin trabarse lo más rápido posible! Porque hay que reconocer que el nombrecito no es poca cosa.

Sigo mirando, desconcertado.

—Bien, la B. cepacia es una bacteria resistente. Es tan adaptable que se alimenta de la penicilina, en vez de ser atacada por ella. De modo que nuestro primer método de defensa es… —hace una pausa, alarga la mano para tomar un pequeño frasco y lo enseña a la cámara— ¡Cal Stat! No es jabón común y corriente. Es un esterilizante para hospitales. ¡Aplíquese generosamente y a menudo!

Saca un par de guantes de látex azules y mueve los dedos para ponérselos cómodamente en las manos.

—A continuación, un buen par de guantes de látex comunes. De eficacia probada, se usan como protección —baja la vista, se aclara la garganta y examina el montón de objetos de la cama— para todo tipo de actividades.

¿Todo tipo de actividades? Sacudo la cabeza y una sonrisa se dibuja en mi cara. ¿Qué está haciendo?

A continuación, observo cómo saca un puñado de mascarillas quirúrgicas y se cuelga una de ellas alrededor del cuello.

—La B. cepacia se desarrolla sobre todo en la saliva o la mucosidad. Una tos puede viajar seis pies. Un estornudo puede viajar hasta doscientas millas por hora, de modo que no suelten uno cuando tengan compañía.

Doscientas millas por hora. Vaya. Suerte que no tengo alergias, o estaríamos todos acabados.

—Nada de saliva significa nada de besos —respira hondo y me mira directamente a través de la cámara—. Nunca.

Suelto el aire y asiento con solemnidad. Esto es un bajón considerable. La idea de besar a Stella es... niego con la cabeza.

El ritmo de mi corazón prácticamente se triplica sólo de pensarlo.

—Nuestra mejor defensa es la distancia. Seis pies son la regla de oro —dice, antes de agacharse para tomar un taco de billar que guardaba junto a la cama—. Esto es cinco pies de distancia. Cinco. Pies.

Miro la caricatura de los dos, y la burbuja con letras rojas se abalanza sobre mí.

"CINCO PIES EN TODO MOMENTO."

¿De dónde demonios sacó un taco de billar?

Lo levanta y lo mira con una notable intensidad.

—He pensado bastante en ese último pie. Y francamente, me pone furiosa —mira a la cámara—. Como enfermos de FQ hay muchas cosas que nos perdemos. Vivimos todos los días pendientes de tratamientos y pastillas.

Camino arriba y abajo, escuchando sus palabras.

—La mayoría no podemos tener hijos, la mayoría no viviremos lo suficiente para intentarlo. Sólo los enfermos de FQ saben lo que se siente, pero se supone que no podemos enamorarnos entre nosotros —se levanta, con actitud decidida—. Por lo tanto, después de todo lo que me ha robado (nos ha robado) la FQ, ahora voy a ser yo quien le robe algo a ella.

Alza el taco de billar de modo desafiante, como si luchara por todos nosotros.

—Voy a robar trescientos cuatro punto ocho milímetros. Doce pulgadas completas. Un pie de espacio, distancia y longitud.

Miro el video con una admiración total.

—La fibrosis quística no va a robarme nada más. A partir de ahora yo seré la ladrona.

Juraría que oigo un grito a lo lejos, como si alguien vitoreara sus palabras. Hace una pausa, mira a la cámara. Me mira. Yo sigo allí plantado, asombrado, y doy un brinco al oír tres golpetazos en la puerta de la habitación.

Abro la puerta y ahí está. En vivo.

Stella.

Sujeta el taco de billar, me toca el pecho con la punta y sus cejas espesas se arquean desafiantes.

—Cinco pies de distancia. ¿Trato hecho?

Suelto el aire, sacudo la cabeza porque el discurso del video me ha hecho desear eliminar el espacio que nos separa y besarla.

—Va a ser difícil para mí, no te mentiré.

Ella me mira con los ojos resueltos.

—Dime, Will. ¿Lo aceptas?

Ni siquiera lo dudo un instante.

—Totalmente.

—Entonces nos vemos en el atrio. A las nueve en punto.

Y tras decir esto baja el taco de billar, da media vuelta y vuelve a su habitación. La veo irse y noto que la excitación vence a la duda que se acumula en lo más hondo de mi estómago.

Me río al ver que levanta el taco en señal de victoria como si fuera el final de *The Breakfast Club*, y me sonríe antes de entrar en la habitación 302.

Respiro profundamente y asiento.

La fibrosis quística no va a robarme nada más.

17

Stella

—¿Por qué no metí nada bonito en la maleta? —me lamento ante Poe, que está apoyado contra el umbral de la puerta, ayudándome. Saco pijamas y pants y camisetas anchas de los estantes, buscando desesperadamente algo decente para ponerme esta noche.

Él se ríe.

—Claro. Porque cuando empacas la maleta piensas en un intenso romance hospitalario.

Saco un par de shorts cortísimos y sedosos y me les quedo viendo. No sería capaz. ¿O tal vez sí? Bueno, es esto o los pants anchos de franela que heredé de Abby.

—Tengo las piernas bonitas, ¿no?

—¡No lo dudes! —dice él, y me repasa con la mirada antes de que ambos nos muramos de risa.

Pienso en mis amigas en su última noche en Cabo San Lucas y por primera vez desde que llegué aquí no tengo ningún deseo de estar con ellas. Al contrario, me gustaría que estuvieran ellas aquí, ayudándome a elegir la ropa. En todo caso, me alegro de no estar a tantas millas de distancia.

Consulto el reloj de mi buró. Las cinco. Tengo cuatro horas para que se me ocurra algo…

Atravieso las puertas del atrio y me fijo en un jarrón con rosas blancas. Robo una, doblo el tallo hasta partirlo y me la pongo detrás de la oreja. Al ver mi reflejo en el cristal de la puerta, sonrío y hago una rápida revisión. Me aliso el pelo, me lo recogí con el lazo de la caja de flores de Will y me puse los shorts de seda y una camiseta sin mangas, a pesar de las burlas de Poe.

Estoy bastante bien, teniendo en cuenta que saqué el modelito del fondo del clóset más anticuado de la historia.

Es bonito saber que a Will le gusto por cómo soy. Me refiero a que hasta ahora sólo me ha visto en pijama o con la bata del hospital, y por lo tanto seguro que no se ha enamorado de mi buen aspecto ni de mi impecable vestuario de la colección otoño 2018 para hospitales.

Me coloco los guantes de látex azules y compruebo que llevo un bote de Cal Stat colgado de la correa de mi oxígeno portátil.

Me siento en un banco, miro por la puerta lateral que da a unos juegos y me invade una oleada de nostalgia. Solía escaparme a esos juegos para jugar con los niños que no tenían FQ. Bueno, y con Poe. El atrio no ha cambiado demasiado a lo largo de los años. Los mismos árboles altos, las mismas flores de colores brillantes, la misma pecera de peces tropicales junto a las puertas, por culpa de la cual Poe se metió en una buena bronca por tirar migajas de dona a los peces.

Tal vez el atrio no haya cambiado mucho desde que llevo viniendo al hospital de Saint Grace, pero yo sí. En este hospital he hecho tantas cosas por primera vez, que es difícil contarlas todas.

La primera intervención quirúrgica. El primer amigo. La primera malteada de chocolate.

Y ahora, mi primera cita.

Oigo la puerta que se abre lentamente, miro de reojo y veo a Will.

—Por aquí —susurro, y me levanto para apuntarlo con el taco de billar.

Con una sonrisa enorme, agarra el otro extremo del palo con la mano enguantada. Lleva un pequeño frasco de Cal Stat en el bolsillo frontal.

—¡Vaya! —exclama, y me mira con unos ojos cálidos que hacen que mi corazón dé saltos mortales dentro de mi pecho. Lleva una camisa azul de cuadros que le abraza el cuerpo delgado y hace que sus ojos parezcan de un azul aún más intenso. Lleva el pelo más limpio. Se peinó, pero todavía mantiene ese aspecto descuidado que lo hace increíblemente atractivo.

—Qué rosa tan bonita —dice, pero sigue mirándome las piernas descubiertas, el escote de la camiseta sedosa sin mangas.

Me sonrojo y señalo la rosa de detrás de la oreja.

—Ah, ¿esta rosa? ¿Ésta? ¿La de arriba?

Vuelve a desviar los ojos y me lanza una mirada que ningún otro chico me había dedicado nunca.

—Esa misma —dice, asintiendo.

Jalo el taco de billar y atravesamos el atrio hacia el vestíbulo principal. Al ver el jarrón de rosas que descansa sobre la mesa, sus ojos se entrecierran y sonríe.

—¿Robas rosas, Stella? Primero el pie de distancia, ¿y ahora esto?

Me río y me toco la rosa de la oreja.

—Me descubriste. La robé.

Tira de su extremo del taco de billar y sacude la cabeza.

—No, le diste un hogar mejor.

18

Will

No puedo dejar de mirarla.

El lazo rojo en el pelo. La rosa detrás de la oreja. El modo en que me mira.

Tengo la sensación de que nada de esto es real. Nunca me había sentido así con nadie, sobre todo porque mis relaciones anteriores se basaban en vivir deprisa y morir joven y marcharme siempre a otro hospital. No me quedaba en ninguna parte ni con nadie el tiempo suficiente para enamorarme de verdad.

Aunque tampoco hubiera tenido ocasión de hacerlo. Ninguna de ellas era Stella.

Nos detenemos delante de una gran pecera con peces tropicales, y tengo que hacer un esfuerzo sobrehumano para quitarle los ojos de encima y mirar a los peces de colores brillantes que nadan tras el cristal. Sigo con la mirada un gran pez naranja y blanco que da vueltas por el coral del fondo de la pecera.

—Cuando era muy pequeña, solía quedarme mirando estos peces, y me preguntaba cómo sería poder aguantar la respiración el tiempo suficiente para nadar con ellos —dice Stella, siguiendo la dirección de mi mirada.

Me agarra por sorpresa. Sabía que llevaba tiempo viniendo a St. Gracie, pero no desde tan pequeña.

—¿Cuántos años tenías?

El pez sube hacia la superficie y vuelve a bajar en picada hasta el fondo.

—La doctora Hamid, Barb y Julie cuidan de mí desde que tenía seis años.

Seis. Vaya. ¿Qué debe de sentirse estar tanto tiempo en el mismo lugar?

Cruzamos las puertas y salimos al vestíbulo principal. Una gran escalinata se alza imponente frente a nosotros. Stella me mira, tira del taco de billar y hace un gesto con la cabeza.

—Por las escaleras.

¿Las escaleras? La miro como si se hubiera vuelto loca. Me arden los pulmones sólo de pensarlo, al recordar el agotamiento que me provocan mis excursiones a la azotea. No es lo más sexy que se me ocurre. Si quiere que esta cita dure más de una hora, será mejor que no las subamos en ningún caso.

De pronto sonríe.

—Era broma.

Deambulamos por el hospital casi vacío y el tiempo se desdibuja mientras hablamos de nuestras familias y amigos y todo lo demás, balanceando el taco de billar entre nosotros. Nos dirigimos al puente abierto que comunica los

Edificios 1 y 2 y lo cruzamos lentamente, alargando el cuello para mirar a través del techo de cristal el cielo gris y tormentoso de la noche, la nieve que cae sin cesar sobre el techo del puente y a nuestro alrededor.

—¿Y tu papá? —pregunta por fin, y yo me encojo de hombros.

—Se fue cuando yo era pequeño. Tener un niño enfermo no formaba parte de sus planes.

Observa mi cara, tratando de ver mi reacción.

—Sucedió hace tanto tiempo que a veces tengo la sensación de que estoy contando la historia de alguien más. La vida de otra persona que he memorizado.

Tú no tienes tiempo para mí, yo no tengo tiempo para ti. Es así de sencillo.

Cambia de tema al ver que hablo en serio.

—¿Y tu mamá?

Intento aguantar la puerta para que pase ella primero, cosa que es muy difícil cuando sujetas un taco de billar y tienes que mantenerte separado cinco pies en todo momento, pero soy un caballero, maldita sea.

Suspiro y le ofrezco una respuesta breve y genérica.

—Es muy guapa. Inteligente. Decidida. Y centrada en mí y sólo en mí.

Me echa una mirada para insinuar que no es suficiente.

—Cuando mi papá nos abandonó, es como si hubiera decidido preocuparse el doble. A veces tengo la sensación de que ni siquiera me ve. Que no me conoce. Sólo ve la FQ. O ahora la B. cepacia.

—¿Ya hablaste de esto con ella? —pregunta.

Niego con la cabeza, sacándome el tema de encima.

—No está ahí para escucharme. Siempre está dictando, y luego sale por la puerta. Pero dentro de dos días, cuando cumpla dieciocho, yo tomaré las decisiones.

Se detiene en seco y pega un tirón de su extremo del taco de billar.

—Alto. ¿Tu cumpleaños es dentro de dos días?

Le sonrío, pero ella no me corresponde.

—¡Sí! Dieciocho, el número de la suerte.

—¡Will! —me regaña, pateando el suelo con enojo—. ¡No tengo ningún regalo para ti!

¿Se puede ser más mona?

Lo doy un golpecito en la pierna con el taco de billar, pero por una vez no estoy bromeando. Hay una cosa que sí quiero.

—Entonces, ¿por qué no me haces una promesa? Promete que estarás aquí para celebrar mi próximo cumpleaños.

Al principio parece sorprendida, pero luego asiente.

—Te lo prometo.

Me lleva al gimnasio, y las luces activadas por el movimiento se encienden mientras ella jala el taco y pasamos por delante de las cintas de ejercicios hasta llegar a una puerta situada en el extremo más alejado, que yo nunca me había molestado en explorar.

Mirando a ambos lados, abre la tapa de un teclado numérico e introduce un código.

—Veo que te paseas por aquí como si fueras la dueña de este sitio —comento al ver que la puerta se abre con un clic y una luz verde se enciende en el teclado.

Sonríe con astucia y me mira mientras cierra la tapa.

—Es una de las ventajas de ser la preferida de la maestra.

Me río. Bien jugado.

El calor de la sala de la piscina me impacta cuando abrimos la puerta, y mis carcajadas resuenan por el espacio abierto. La sala está en penumbra, excepto las luces de la piscina, que brillan bajo el agua que se arremolina a su alrededor. Nos quitamos los zapatos y nos sentamos al borde. A pesar del calor que hace, al principio el agua está fría, pero se va calentando poco a poco a medida que movemos los pies adelante y atrás.

Un silencio nada incómodo se apodera de nosotros. Miro a Stella, a una distancia de un taco de billar.

—¿Qué crees que pasa, cuando morimos?

Ella sacude la cabeza y sonríe.

—No es un tema demasiado sexy para una primera cita.

Me río y me encojo de hombros.

—Vamos, Stella. Somos terminales. Seguro que lo has pensado.

—Bueno, lo tengo en la lista de asuntos pendientes.

Por supuesto.

Mira al agua, mueve los pies en círculos.

—Una teoría que me gusta es la que dice que para poder comprender la muerte, es necesario fijarse en el nacimiento —juguetea con el lazo del pelo mientras habla—.

Cuando estamos en el útero, vivimos en esa existencia, ¿no? No podemos saber que nuestra próxima existencia está apenas a una pulgada de distancia.

Se encoge de hombros y me mira.

—Tal vez la muerte sea lo mismo. Tal vez sea simplemente la próxima vida. A una pulgada de distancia.

La próxima vida está a una pulgada. Frunzo el ceño y reflexiono sobre esto.

—A ver, si al principio está la muerte y la muerte también es el final, entonces ¿cuál es el verdadero principio?

Ella me mira arqueando las cejas pobladas, incómoda ante mi adivinanza.

—Muy bien, sabelotodo. ¿Por qué no me lo dices tú?

Me encojo de hombros y me echo atrás.

—Es un largo sueño, nena. Hasta nunca. Te esfumas. El fin.

Ella niega con la cabeza.

—No puede ser. Estoy convencida de que Abby no "se esfumó". Me niego a creerlo.

Me le quedo viendo, y me gustaría hacerle la pregunta apremiante que he contenido desde que deduje que Abby había muerto.

—¿Qué le pasó? —digo por fin—. A Abby.

Sus piernas dejan de dibujar círculos en la piscina, pero el agua sigue arremolinándose alrededor de sus pantorrillas.

—Saltó desde una roca en Arizona y cayó mal al golpear contra el agua. Se rompió el cuello y se ahogó. Dijeron que no había sentido ningún dolor —me mira a los ojos, con una expresión afligida—. ¿Cómo iban a saberlo, Will? ¿Cómo iban a saber que no sintió ningún dolor? Ella siempre me apoyaba cuando yo me encontraba mal, y entonces, cuando más me necesitó, yo no estuve a su lado para hacer lo mismo.

Sacudo la cabeza. Es una lucha titánica contra todos mis instintos, que me instan a alargar el brazo y darle la mano para reconfortarla. No sé qué decir. No hay manera de saberlo. Vuelve a mirar el agua, con los ojos vidriosos y su mente muy lejos de aquí, en lo alto de una roca, en Arizona.

—Tenía que haber estado ahí. Pero me enfermé, como siempre me suele pasar —suelta lentamente el aire, con dificultad, sin pestañear, concentrada en un punto en el fondo de la piscina—. No dejo de imaginarlo, una y otra vez. Me gustaría saber qué sintió o qué pensó. Pero como es imposible saberlo, nunca dejará de morirse. La escena se repite una y otra vez.

Sacudo la cabeza y le toco la pierna con el taco de billar. Ella parpadea, me mira y se le aclaran los ojos.

—Stella, si hubieras estado allí, tampoco lo habrías sabido.

—Pero murió sola, Will —dice, y eso es irrefutable.

—Todos morimos solos, ¿no crees? La gente a la que queremos no puede acompañarnos.

Pienso en Hope y en Jason. Y en mi mamá. Me pregunto qué le dará más pena, si perderme a mí o a la enfermedad.

Stella mueve las piernas dentro del agua.

—¿Crees que ahogarse es doloroso? ¿Crees que da miedo?

Me encojo de hombros.

—Así es como moriremos nosotros, ¿no? Nos ahogaremos. Pero sin agua. Nuestros fluidos harán el trabajo sucio —por el rabillo del ojo la veo temblar y me le quedo viendo—. Creía que no tenías miedo a la muerte.

Ella suspira audiblemente y me mira, exasperada.

—No me da miedo estar muerta. Pero lo de morirse... ¿Cómo será? —al ver que no respondo, sigue hablando—. ¿A ti no te da miedo?

Me trago mi tendencia natural al sarcasmo. Quiero ser honesto con ella.

—Pienso en ese último aliento. Ese último intento de tomar aire. De inhalar e inhalar sin conseguirlo. Pienso en los músculos del pecho que se desgarran, impotentes. No hay aire. No hay nada. Sólo oscuridad —miro el agua que se arremolina entre mis pies, y la imagen detallada que tengo en la cabeza se hunde en lo más hondo de mi estómago. Siento un escalofrío, me encojo de hombros y le sonrío—. Pero, oye. Esto sólo me pasa los lunes. El resto de la semana no me mortifico.

Ella alarga el brazo, y sé que quiere darme la mano. Lo sé porque yo también quiero dársela. Mi corazón se ralentiza al ver que se detiene en seco a medio camino, enrosca los dedos en la palma de la mano y la baja.

Nos miramos a los ojos, y los suyos están llenos de comprensión. Conoce ese miedo. Pero luego me dedica una breve sonrisa y me doy cuenta de que, a pesar de todo, seguimos aquí.

Gracias a ella.

Hago un esfuerzo por respirar profundo, contemplo el reflejo de la piscina, que juega con su clavícula, su cuello y sus hombros.

—Dios mío, qué guapa eres. Y qué valiente —digo—. Es un crimen no poder tocarte.

Levanto el taco de billar y deseo más que nunca que fueran las yemas de sus dedos las que tocan mi piel. Con suavidad sigo su brazo con la punta, por encima del ángulo puntiagudo de su hombro, y lo acerco lentamente hacia su cuello. Ella tiembla ante mi "contacto", sin dejar de mirarme, y un ligero color rojo le pinta las mejillas a medida que el taco de billar va subiendo.

—Tu pelo —digo, tocando el punto donde cae sobre sus hombros.

"Tu cuello —digo, y la luz de la piscina le ilumina la piel.

"Tus labios —continúo, y noto que la gravedad se desploma peligrosamente entre nosotros, instándome a besarla.

Ella aleja la mirada, tímida de pronto.

—El día en que nos conocimos te mentí. Nunca he hecho el amor con nadie —respira con dificultad y se toca el costado mientras habla—. No quiero que nadie me vea. Las cicatrices. El tubo. No hay nada sexy en…

—Todo en ti es sexy —la interrumpo. Ella me mira y quiero que lo vea en mi rostro. Qué guapa es—. Eres perfecta.

213

Observo cómo retira el taco de billar y se pone de pie, temblando. Lentamente, con los ojos fijos en los míos, se quita la camiseta sin mangas y deja al descubierto un sujetador negro de encaje. Tira la camiseta al suelo de la piscina, y mi mandíbula se derrumba también.

Luego se baja los shorts, los pasa por debajo de los pies y se endereza. Me invita a mirarla.

Me deja sin aliento. Intento estar en calma, pero contemplo su cuerpo con ansiedad, miro sus piernas y su pecho y sus caderas. La luz baila sobre las cicatrices de guerra que le cruzan el pecho y el estómago.

—Dios mío —consigo decir, apenas. Nunca pensé que podría sentir celos de un taco de billar, pero deseo desesperadamente sentir su piel contra la mía.

Ella sonríe con falsa modestia y se mete en la piscina, sumergiéndose del todo en el agua. Me mira desde adentro, el pelo largo se despliega a su alrededor como si fuera una sirena. Me agarro con fuerza al taco de billar cuando sale a respirar.

Se ríe.

—¿Qué fueron? ¿Cinco segundos? ¿Diez?

Cierro la boca, me aclaro la garganta. A mí me pareció un año.

—No estaba contando. Estaba mirando.

—Bueno, yo te enseñé lo mío —dice, desafiante.

Y yo acepto el desafío.

Me levanto, me desabrocho la camisa. Ahora es ella quien me mira. No dice nada, pero tiene los labios separados, no frunce el ceño, no me compadece.

Me acerco a los escalones de la piscina, me quito los pantalones y me quedo allí un instante solo en calzones, notando cómo el agua y Stella me llaman. Lentamente, me sumerjo en el agua, y nuestros ojos siguen encadenados mientras jadeamos para tomar aire.

Por una vez, la FQ no tiene nada que ver con nosotros.

Me sumerjo y ella me sigue, las pequeñas burbujas suben a la superficie mientras nos miramos por el mundo difuminado de debajo del agua, con el pelo flotando a nuestro alrededor, saliendo hacia la superficie, y las luces proyectando las sombras de nuestros cuerpos delgados.

Sonreímos, y aunque haya un millón de razones para no hacerlo, no puedo evitar sentir que me estoy enamorando de ella.

19

Stella

Salimos de la piscina y nuestro pelo se va secando lentamente a medida que la noche da paso al amanecer. Vemos cosas que he visto un millón de veces en los años que llevo en St. Grace. Guardias de seguridad adormilados y cirujanos que sacuden indignados la estropeada máquina expendedora del vestíbulo, el mismo piso de azulejos blancos y los mismos pasillos poco iluminados, pero todo parece distinto junto a Will. Es como verlo por primera vez. No sabía que fuera posible que una persona pudiera convertir las cosas antiguas en nuevas otra vez.

Pasamos lentamente por delante de la cafetería y nos quedamos de pie junto a un enorme ventanal que está apartado, lejos de cualquier transeúnte, para ver cómo el cielo se va iluminando. Todo sigue tranquilo al otro lado del cristal. Mis ojos aterrizan sobre las luces del parque, a lo lejos.

Respiro hondo y las señalo.

—¿Ves esas luces?

Will asiente y me mira con el pelo todavía húmedo del agua de la piscina.

—Sí. Siempre las miro cuando me siento en la azotea.
Me observa mientras yo contemplo las luces.

—Cada año, Abby y yo íbamos a verlas. Ella las llamaba estrellas porque hay muchas —sonrío—. Mi familia solía llamarme Estrellita.

Oigo la voz de Abby en mi oído, llamándome por el apodo. Es doloroso, pero no tanto como antes.

—Ella pedía un deseo, pero nunca me decía lo que era. Solía bromear diciendo que si lo pronunciaba, nunca se haría realidad —los pequeños puntos de luz parpadean y me llaman desde la distancia, como si Abby estuviera ahí afuera—. Pero yo lo sabía. Pedía unos pulmones nuevos para mí.

Aspiro y exhalo el aire con gran esfuerzo, siempre presente en los pulmones que suben y bajan, y me pregunto cómo sería respirar con pulmones nuevos. Unos que, por un breve periodo, cambiarían completamente mi vida tal como la conozco. Unos que funcionaran. Unos pulmones que me permitieran respirar, correr y tener más tiempo de vida.

—Espero que su deseo se haga realidad —dice Will, y yo apoyo la cabeza contra el cristal frío y me le quedo viendo.

—Yo espero que mi vida no haya sido en vano —digo, pidiendo el deseo a las luces intermitentes.

Me mira fijamente.

—Tu vida es importante, Stella. Afectas a la gente más de lo que crees —se toca el pelo y se coloca la mano sobre el corazón—. Hablo por experiencia.

Mi aliento empaña el cristal de la ventana y dibujo con la mano un gran corazón. Nos quedamos mirando en el reflejo del cristal y noto que su gravedad me jala a través del espacio abierto. Jala cada parte de mi cuerpo, de mi pecho y de mis brazos y de las yemas de mis dedos. Quiero besarlo, más que nada en el mundo.

Pero en vez de hacerlo, me inclino y beso su reflejo en el cristal.

Él levanta lentamente la mano, se toca los labios con la yema de los dedos como si lo hubiera notado, y nos volteamos el uno hacia el otro. El sol surge lentamente por el horizonte, proyectando un brillo dorado sobre su rostro, cuyos ojos brillantes están llenos de algo totalmente nuevo pero que de algún modo me resulta familiar.

Me pica toda la piel.

Da un pequeño paso hacia mí, la mano enguantada se desliza lentamente a lo largo del taco, los ojos son cautos mientras mi corazón se acelera. Me acerco un poco, para robar algunas pulgadas más, para estar más cerca de él.

Pero entonces el timbre de mi celular irrumpe sin avisar y la magia del momento se aleja flotando como un globo. Saco el celular del bolsillo trasero y veo un mensaje de Poe, y una mezcla de tristeza y alivio nos invade a ambos al alejarnos.

SOS.

¡¡¡Barb los está buscando!!!

¿DÓNDE ESTÁN?

Dios mío. El pánico se apodera de mí y miro a Will con los ojos muy abiertos. Si nos encuentra juntos, ya podemos olvidarnos de una segunda cita.

—Ay, no. Will, ¡Barb nos está buscando!

¿Qué vamos a hacer? No podríamos estar más lejos de nuestra ala.

Por un instante él también parece aterrorizado, pero luego se compone, frunce el ceño y adopta una actitud de tenerlo todo bajo control.

—Stella, ¿dónde te buscará primero?

Mi mente funciona a toda prisa.

—¡En Neonatología!

La entrada oeste. Barb entrará desde el otro lado. Si me doy prisa, tal vez pueda llegar a tiempo.

Volteo hacia los elevadores y veo que las puertas se cierran lentamente. Hago una mueca, apoyo el taco de billar contra la pared y salto hacia el hueco de la escalera, al tiempo que Will se lanza en la dirección opuesta, de regreso a nuestra planta.

Colocando un pie detrás de otro, subo trabajosamente las escaleras, y los brazos y las piernas me queman al arrastrar el cuerpo hasta la quinta planta. Me ajusto el oxígeno portátil un poco más arriba y me lanzo por el pasillo vacío. Mis pies pisan ruidosamente el suelo, la respiración llega en bocanadas frenéticas.

La situación es muy grave. Barb me va a matar. Bueno, primero matará a Will, y luego a mí, eso seguro.

Con los pulmones ardiendo, mi cuerpo choca contra una puerta que tiene un número 5 enorme impreso en color rojo, y la entrada oeste de Neonatología aparece a lo lejos. Intento tomar el máximo aire posible, toso desesperadamente al abrir la tapa del teclado, mis manos tiemblan demasiado para teclear las cifras.

Me va a cachar. Llego demasiado tarde.

Me agarro la mano derecha con la izquierda, la sujeto lo suficiente como para teclear 6428. Neonatología. La puerta se abre con un clic y yo me lanzo de cabeza al sillón vacío, cierro los ojos y finjo estar durmiendo.

Apenas un segundo más tarde, la puerta de la entrada este se abre con estrépito, oigo pasos y enseguida noto el perfume de Barb al detenerse junto a mí. Con el pecho encogido trato de acompasar la respiración, en un intento desesperado por parecer tranquila, aunque mi cuerpo ansíe tomar aire.

Noto que me cubren con una manta y luego oigo unos pasos que se alejan lentamente, la puerta que se abre y se cierra una vez más.

Me incorporo como un rayo, con los ojos llenos de lágrimas por el dolor cegador que me atraviesa el pecho y el cuerpo entero. El dolor disminuye gradualmente, la visión se aclara y mi cuerpo obtiene el aire que necesita. El alivio que siento ahora sólo puede compararse a la cantidad de adrenalina que recorre todo mi cuerpo.

Saco el celular y envío un emoticono a Will. Responde medio segundo más tarde: ES INCREÍBLE QUE NO NOS HAYAN CACHADO.

Me río, me hundo en el sofá todavía caliente, y el torbellino de la noche anterior hace que mi corazón siga flotando muchas millas por encima del hospital.

Alguien toca a la puerta de mi habitación y me despierta de golpe de la incómoda siesta en la horrenda butaca verde de al lado de la ventana. Me froto los ojos, soñolienta, haciendo un esfuerzo para ver la pantalla.

Ya es la una. Esto explica los tres millones de mensajes de Camila, Mya y Poe preguntándome cómo fue anoche.

Anoche.

Sonrío sólo de pensarlo y me invade una oleada de felicidad. Me levanto, voy hacia la puerta y la abro, desconcertada al ver que no hay nadie al otro lado. Es raro. Luego bajo la mirada y veo una malteada de la cafetería en el suelo, con una nota descansando debajo.

Me agacho, la recojo y sonrío al leer: "Poe dice que te gusta el chocolate. La vainilla es un sabor evidentemente mejor, pero lo dejaré pasar porque eres tú".

Incluso se tomó la molestia de dibujar un podio, en el que un barquillo de helado de vainilla supera al chocolate y a la fresa en la lucha por la medalla de oro.

Me río, miro por el pasillo y veo a Will a la puerta de su habitación, con la mascarilla y los guantes puestos. Se baja la mascarilla y hace una mueca mientras Barb da vuelta en la esquina. Me guiña el ojo y abre la puerta de su habitación, desapareciendo rápidamente antes de que ella lo vea.

Escondo la malteada y la nota detrás de la espalda, dibujando una gran sonrisa.

—¡Buenos días, Barb!

Ella levanta la vista de la ficha de un paciente y me observa con suspicacia.

—Ya es la tarde.

Asiento y retrocedo lentamente.

—Sí, claro. La tarde —hago un gesto con la mano libre—. Ya sabes, con tanta nieve cuesta adivinar… qué hora del día es.

Pongo los ojos en blanco y cierro la puerta antes de decir otra tontería.

Pasamos el resto del día sin hacer nada para no levantar más sospechas de Barb. Ni siquiera nos arriesgamos a llamarnos por Skype o a enviarnos mensajes. Me dedico ostensiblemente a reorganizar mi carrito de las medicinas, aprovechando para pasar notas secretas bajo la puerta de Will cada vez que salgo al pasillo por más provisiones.

Will va una docena de veces a la máquina expendedora y sus respuestas llegan con cada nueva bolsa de papas o barrita de chocolate.

—¿Cuándo será la cita número dos? —escribe, y yo sonrío y leo en mi libreta lo que en realidad me he pasado todo el día tramando.

El plan para el cumpleaños de mañana.

20

Will

Observo soñoliento a mi mamá desde el borde de la cama, mientras ella discute vehementemente con la doctora Hamid. Como si hablar a gritos pudiera ayudar de algún modo a cambiar los resultados de mis estadísticas. El Cevaflomalin no ha surtido ningún efecto.

No es precisamente el mejor regalo de cumpleaños.

—Tal vez haya una interacción adversa al medicamento. ¿Algo que impida que el nuevo fármaco actúe como debería? —dispara de nuevo, con una mirada frenética.

La doctora Hamid respira hondo y sacude la cabeza.

—Las bacterias de los pulmones de Will están profundamente colonizadas. La penetración del antibiótico en el tejido pulmonar requiere tiempo para cualquier medicamento nuevo —señala la bolsa intravenosa diaria de Cevaflomalin—. Con este fármaco pasa lo mismo.

Mi mamá respira, se sujeta al borde de la cama.

—Pero si no es efectivo…

Otra vez no. No me voy a volver a ir. Me levanto para interrumpirla.

—¡Ya basta! Se terminó, mamá. Ahora tengo dieciocho años, ¿recuerdas? No voy a ir ningún otro hospital.

Ella voltea para mirarme con los ojos llenos de rabia, y adivino que se ha estado preparando para este momento.

—¡Siento arruinar tu diversión intentando que sobrevivas, Will! La peor mamá del año, ¿verdad?

La doctora Hamid retrocede lentamente hacia la puerta, consciente de que éste es el momento adecuado para irse. Vuelvo a mirar a mi mamá, con gran indignación.

—Sabes que soy una causa perdida, ¿verdad? Lo único que haces es empeorarlo. Ningún tratamiento me va a salvar.

—¡Muy bien! —responde, furiosa—. Cancelaremos los tratamientos. Dejaremos de gastar dinero. Dejaremos de intentarlo. ¿Y entonces qué, Will? —me mira, exasperada—. ¿Te tumbarás en una playa tropical a esperar que te arrastre la marea? ¿Algo estúpido y poético?

Se pone las manos sobre las caderas y mueve la cabeza.

—Lo siento, pero no vivo en un cuento de hadas. Vivo en el mundo real, donde la gente soluciona sus…

Su voz se va apagando y yo doy un paso adelante, arqueo las cejas, retándola a decirlo.

—Problemas. Adelante, mamá. Dilo.

Es la palabra que resume todo lo que he sido para ella.

Ella suelta el aire lentamente, sus ojos se suavizan por primera vez en mucho tiempo.

—No eres un problema, Will. Eres mi hijo.

—¡Entonces sé mi mamá! —grito, exasperado—. ¿Cuándo fue la última vez que ejerciste como tal?

—Will —dice ella, acercándose más a mí—. Intento ayudarte. Intento...

—¿Acaso me conoces? ¿Has mirado uno solo de mis dibujos? ¿Sabes que me gusta una chica? Apuesto a que no —sacudo la cabeza, con la ira saliendo de mí a borbotones—. ¿Cómo ibas a saberlo? ¡Lo único que ves es mi puta enfermedad!

Señalo los libros y revistas de arte que llenan el escritorio.

—¿Quién es mi artista favorito, mamá? No tienes ni idea, ¿verdad? ¿Quieres arreglar un problema? Arregla el modo en que me miras.

Nos quedamos mirando fijamente. Ella traga saliva, se recompone y alarga el brazo para tomar el bolso de la cama. Habla con una voz suave y firme.

—Te veo perfectamente, Will.

Se va, cerrando suavemente la puerta tras ella. Por supuesto que se va. Me siento sobre la cama, frustrado, y me fijo en un regalo elaboradamente envuelto, con un gran lazo rojo bien atado alrededor. Me dan ganas de tirarlo a la basura, pero lo tomo, listo para comprobar cuál es su idea de lo que me gusta. Rompo el lazo y la envoltura y saco un marco.

No comprendo lo que ven mis ojos. No porque no lo reconozca. Lo reconozco perfectamente.

Es una tira humorística política de los años cuarenta. Un original de la fotocopia que tengo colgada en la habitación.

Un original firmado y fechado. Es tan raro, que ni siquiera sabía que existiera alguno.

Mierda.

Me tumbo sobre la cama, agarro la almohada y me tapo la cara con ella. La frustración que sentía hacia ella se ha vuelto hacia mí mismo.

Odiaba tanto el modo en que ella me miraba que no me di cuenta de que yo estaba haciendo exactamente lo mismo.

¿Acaso sé adónde va? ¿Acaso sé lo que le gusta hacer? Me he centrado tanto en cómo quiero vivir mi propia vida, que he olvidado completamente que ella también tiene la suya.

Soy yo.

Sin mí, mi mamá está sola. Durante todo este tiempo he pensado que sólo veía mi enfermedad. Un problema por resolver. En cambio, estaba mirando en mi interior, intentando conseguir que luchara junto a ella, cuando lo único que hacía yo era luchar contra ella con uñas y dientes. Lo único que quería era que me levantara y luchara, mientras lo único que hacía yo era prepararme para irme.

Me levanto, retiro la fotocopia y la sustituyo por el original enmarcado, la pieza única.

Lo que ella quiere es lo mismo que Stella. Más tiempo.

Quiere más tiempo conmigo.

Me separo del escritorio y me arranco los audífonos sin querer. He pasado las dos últimas horas dibujando, intentando olvidarme del enfrentamiento con mi mamá.

Sé que debería decir algo. Hablar con ella, marcarle o escribirle un mensaje, pero no puedo evitar seguir un poco enojado. Esto es un asunto de dos, y ella no está haciendo un trabajo perfecto, que digamos. Si me hubiera demostrado que me escuchaba, aunque fuera un poco...

Suspiro, saco una taza de pudín de chocolate y las pastillas de la tarde del carrito de las medicinas y procedo a tomármelas como corresponde. Saco el celular, me siento al borde de la cama y repaso por encima los mensajes de Instagram, principalmente felicitaciones por mi cumpleaños de mis antiguos compañeros de clase.

Todavía no hay nada de Stella. No me ha enviado nada desde ayer por la noche, cuando le pedí una segunda cita.

La llamo por FaceTime y sonrío al ver que responde.

—¡Soy libre!

—¿Cómo? —empieza, y luego abre mucho los ojos—. Ah, sí, ¡feliz cumpleaños! Perdona que no...

Levanto la mano, interrumpiéndola. No tiene importancia.

—¿Estás ocupada? ¿Quieres ir a pasear? Barb no está.

Ella enfoca con el celular el montón de libros de textos que tiene delante.

—Ahora no puedo. Estoy estudiando.

Se me cae el alma a los pies. ¿En serio?

—Bueno, está bien. Pensaba que tal vez...

—¿Nos vemos más tarde? —pregunta, y vuelve a aparecer en pantalla.

—Más tarde vendrán mis amigos —digo, encogiendo los hombros con tristeza—. No pasa nada. Ya se nos ocurrirá algo —la miro con ojos de borrego a medio morir—. Es que te extrañaba.

Ella me sonríe, con los ojos llenos de cariño y la cara sonriente.

—¡Eso es lo que quería ver! Esa sonrisa —me paso la mano por el pelo—. Muy bien. Te dejo con tus libros.

Cuelgo, me recuesto de espaldas y tiro el celular contra la almohada.

Apenas un segundo más tarde, vuelve a sonar. Respondo sin mirar siquiera a la pantalla para ver quién llama.

—Sabía que cambiarías de...

—¡Hola, Will! —dice una voz al otro lado. Es Jason.

—¡Jason! Hola —respondo, algo decepcionado de que no sea Stella, pero aun así contento de oírlo. Lo de Stella ha sucedido tan deprisa que no he tenido ocasión de ponerlo al día.

—Surgió un imprevisto —dice, con un tono raro—. Lo siento, hermano. Hoy no podremos ir.

¿En serio? ¿Primero Stella y ahora Jason y Hope? Los cumpleaños no son algo que me sobre, que digamos. Pero me conformo.

—Ok, de acuerdo. Lo entiendo —él intenta disculparse, pero lo interrumpo—. En serio, hermano, ¡no pasa nada! No tiene importancia.

Cuelgo, suspiro con fuerza, y al incorporarme veo el inhalador. Agarro el albuterol y sacudo la cabeza.

—Feliz cumpleaños a mí —murmuro.

El timbre del teléfono me despierta de golpe de la siesta vespertina, es un mensaje que entra. Me siento sobre la cama, concentro los ojos en la pantalla, arrastro el icono con el dedo y leo un mensaje de Stella.

ESCONDIDILLAS. Tú las traes.

Bajo inmediatamente de la cama, desconcertado pero lleno de curiosidad, me pongo los Vans blancos y abro la puerta. Un globo de color amarillo chillón casi se estampa contra mi cara. El largo cordel está atado al mango de la puerta. Entrecierro los ojos y me fijo en que hay algo dentro del globo, en el fondo.

¿Una nota?

Compruebo que no haya nadie antes de pisar el globo para hacerlo explotar. Un chico que vuelve a su habitación con una bolsa de papas abierta pega un brinco de diez pies al oír el ruido y las papas salen despedidas de la bolsa y se esparcen por el suelo. Recojo rápidamente el Post-it enrollado que hay dentro, lo desenrollo y veo un mensaje escrito con la bonita letra de Stella.

Empieza por donde nos conocimos.

¡La sala de Neonatología! Me escabullo por el pasillo, dejo atrás al chico que recoge con rencor sus papas del suelo, y tomo el elevador hasta la quinta planta. Corro para atravesar el puente y entro en el Edificio 2, esquivando a enfermeras, pacientes y médicos. Me dirijo por la puerta doble a la entrada este de Neonatología. Miro a mi alrededor, mi cabeza vuela en todas direcciones, buscando… ¡Ahí! Atado a una cuna vacía, detrás del cristal, hay otro globo amarillo chillón. Entro de puntitas en la sala, trato de desatar el cordel del globo.

Qué nudo, Stella. ¿Eres marinera o qué?

Por fin consigo desatarlo y vuelvo a salir sigilosamente al pasillo, mirando a ambos lados antes de que… POP.

Abro la nota para leer la pista siguiente.

Las rosas son rojas. ¿O no lo son?

Frunzo el ceño, me quedo mirando el mensaje.

"O no lo son"… ¡Ah! La recuerdo la noche pasada, con la rosa blanca metida cuidadosamente detrás de su oreja. El jarrón. Voy directo hacia el atrio, bajo corriendo los escalones del vestíbulo principal y salgo a la sala acristalada. Abro las puertas, veo el globo amarillo flotando, con la cuerda fuertemente atada al jarrón.

Saludo al guardia de seguridad, que me mira con suspicacia mientras arranco el globo del jarrón, luchando por recuperar el aliento, pues mis pulmones ya protestan ante tantas carreras. Sonrío, exploto ruidosamente el globo y me encojo de hombros tímidamente a modo de explicación.

—Es mi cumpleaños.

Saco el mensaje del interior, y al abrirlo leo:

Apenas termino de leerlo y ya estoy dando media vuelta para dirigirme a la pecera de peces tropicales, y el naranja y amarillo brillante de los peces me saltan a los ojos mientras busco frenéticamente el receptáculo en busca de globo.

¿Entendí mal?

Lo pienso mejor. La piscina.

Salgo a toda prisa de la sala y me dirijo al gimnasio del Edificio 1, agarrado a la última nota. Empujo las puertas del gimnasio, dejo atrás las cintas vacías de ejercicios y veo que la puerta de la piscina está prometedoramente entreabierta con una silla. Entro y suspiro de alivio al ver el globo amarillo reposando encima del agua, a varios pies del borde.

Miro a un lado y veo el taco de billar del viernes.

Coloco el taco bajo el globo, jalo el cordel y saco el globo del agua, notando un estirón al final. Hay algo en el fondo de la piscina que tira del globo.

Lo saco a la superficie y me río al reconocer el frasco de Cal Stat del video de Stella.

Uso el taco de billar para romper el globo, rebusco entre los restos y saco el mensaje de adentro.

A exactamente cuarenta y ocho horas
de nuestra primera cita...

Doy la vuelta a la nota, frunciendo el ceño, pero no hay nada más. Consulto el reloj. Las ocho y cincuenta y nueve.

Un minuto más y habrán pasado cuarenta y ocho horas de la primera cita. Suena el celular.

Deslizo el dedo y veo una foto de Stella, más guapa que nunca con un gorro de cocinero y un globo amarillo en la mano, con una gran sonrisa en el rostro. El mensaje dice: ¡…empieza la segunda cita!

Frunzo el ceño para mirar la foto, utilizo el zoom para ver si adivino dónde se encuentra. Esas puertas de metal son iguales en todo el hospital. ¡Pero, un momento! Amplío la parte derecha de la foto y veo un trocito de la máquina de malteadas de la cafetería. Camino a paso ligero hacia el elevador, subo al quinto piso y recorro el pasillo hasta cruzar el puente para pasar al Edificio 2. Salto a otro elevador y bajo al tercer piso, donde se encuentra la cafetería, y aprovecho el trayecto para recuperar el aliento y alisarme el pelo ante el reflejo de las paredes relucientes de acero inoxidable. Todavía llevo el taco de billar en la mano.

Doblo la esquina con la mayor naturalidad y veo a Stella apoyada contra la puerta de la cafetería, y una oleada de pura felicidad invade su rostro cuando me ve. Lleva maquillaje y el pelo largo recogido con una diadema.

Está muy guapa.

—Creí que no me encontrarías.

Le doy el taco de billar y ella toma el otro extremo, empuja la puerta y me guía por la cafetería a oscuras.

—Es tarde, pero tuvimos que esperar a que cerrara la cafetería.

Frunzo el ceño, mirando alrededor. ¿Tuvimos?

Me mira de nuevo y se detiene ante unas puertas de vidrio esmerilado, con una expresión impenetrable, y a continuación ingresa un código en el teclado. Las puertas se abren con un clic y unas voces gritan al unísono:

—¡Sorpresa!

Me quedo boquiabierto. Están Hope y Jason, pero también las amigas de Stella, Mya y Camila, recién llegadas de Los Cabos, todos sentados alrededor de una mesa perfectamente preparada, con una sábana de hospital, velas blancas a ambos extremos proyectando un brillo cálido sobre un cesto con pan del día y una ensalada en un bol. Hay incluso tazas con medicinas con píldoras blancas y rojas de Creón colocadas delante de tres de los asientos de la mesa.

Estoy asombrado.

Miro a Stella, incapaz de decir palabra.

—Feliz cumpleaños, Will —dice, tocándome suavemente el costado con el taco de billar.

—¡Es de verdad! —dice Camila (¿o es Mya?), y yo me río mientras Hope se acerca corriendo para abrazarme.

—¡Nos sentimos muy mal por dejarte plantado! —dice.

Jason también me abraza. Me da unos golpecitos en la espalda.

—Pero tu novia nos localizó a todos por tu página de Facebook y nos convenció para darte una sorpresa.

Mya y Camila chocan las manos para celebrar las palabras elegidas, y Stella les lanza una mirada asesina. Intercambiamos otra mirada. Novia. Suena súper bien.

—Sin duda, es una gran sorpresa —digo, mirándolos a todos, lleno de agradecimiento.

Aparece Poe, con una mascarilla, un gorro quirúrgico y guantes, con un par de pinzas en las manos.

—¡Eh! ¡La comida está casi lista!

Nos sentamos, manteniendo una distancia prudencial entre todos los enfermos de FQ. Stella en una punta, yo en la otra y Poe en medio, con Hope y Jason a ambos lados. Mya y Camila están sentadas al otro lado de la mesa, asegurando la distancia entre Stella y yo. Sonrío y miro a todos los presentes mientras empezamos a servirnos el pan y la ensalada. Estoy tan feliz que casi doy asco.

Miro al otro extremo de la mesa, sonrío a Stella y articulo un "gracias" con la boca. Ella asiente, se sonroja y baja la mirada.

Novia.

* * *

Poe sirve la pasta a la langosta con mejor aspecto que he visto nunca, ¡aderezada con hojas de albahaca, queso parmesano y trufas! Todos lo miramos asombrados.

—¿De dónde salió todo esto? —pregunto mientras mi estómago gruñe de hambre.

—¡De ahí! —dice Poe, señalando a la cocina—. Todos los hospitales tienen una cocina VIP donde guardan las cosas buenas para los famosos, los políticos —se encoge de hombros—. Ya sabes, la gente importante —levanta un vaso de la mesa—. Esta noche, chico del cumpleaños, ¡todo esto es para ti! ¡Salud!

Todos alzamos los vasos.

—¡Salud!

Miro a Stella en la otra punta de la mesa y le guiño el ojo.

—Lástima que sea alérgico a los mariscos, Poe.

Poe se frena en seco a media cucharada y me mira lentamente. Sonrío y sacudo la cabeza.

—¡Era broma, era broma!

—Casi te tiro una langosta —se ríe Poe.

Todos ríen con nosotros, y seguimos comiendo. Es, por mucho, el mejor plato de pasta que he comido nunca, y eso que he estado en Italia.

—¡Poe! —digo, alzando el tenedor—. ¡Esto es increíble!

—Algún día serás el mejor chef del mundo —añade Stella, y Poe le dedica una gran sonrisa y sopla un beso en su dirección.

Empezamos a intercambiar historias. Jason cuenta la anécdota de cuando convencimos a todos los alumnos de la escuela para llevar sólo ropa interior el día antes de las vacaciones, hace dos años. Algo especialmente impresionante si se tiene en cuenta que solían expulsarnos por no llevar la corbata recta.

Es una de las cosas que no extraño de la escuela. Los uniformes.

Stella cuenta todas las travesuras que Poe y ella han llevado a cabo en el hospital, desde intentar robar la máquina de malteadas de la cafetería hasta celebrar carreras de sillas de ruedas en la planta infantil.

Parece que no soy el único al que Barb ha estado a punto de matar de manera habitual.

—¡Yo tengo una anécdota buenísima, chicos! —dice Poe, mirando a Stella—. ¡La de Halloween de aquel año!

Ya se está muriendo de risa, y ella lo mira cariñosamente, al tiempo que niega con la cabeza.

—¿Cuántos años teníamos, Stella? ¿Diez?

Stella asiente y Poe continúa la historia.

—Nos echamos unas sábanas por encima y... —empieza a hacer ruidos de fantasma, alargando las manos y flotando por la habitación—. Nos colamos en el pabellón psiquiátrico.

Tiene que ser una broma.

De tanto reír, me da un ataque de tos. Separo la silla de la mesa y agito la mano para que sigan mientras yo recupero el aliento.

—¡No! —dice Jason—. No puede ser.

—Oh, hermano —continúa Poe, secándose una lágrima—. El caos fue absoluto, pero fue por mucho el mejor Halloween de la historia. Nos metimos en un montón de broncas.

—¡Ni siquiera fue idea nuestra! —empieza a decir Stella—. Abby...

Se interrumpe, y veo cómo se esfuerza por continuar mientras me aplico un poco de Cal Stat del frasco de viaje.

Ella me mira desde el otro lado de la mesa y veo lo mucho que le está costando.

—La extraño —dice Camila. Mya asiente con los ojos llenos de lágrimas.

—Abby era salvaje. Libre —dice Poe, asintiendo—. Solía decir que su intención era vivir al máximo, ya que Stella no podía hacerlo.

—Y lo hizo —dice Stella—. Hasta que la mató.

La sala se sume en el silencio. Stella mira a Poe, y ambos, con tristeza, sonríen al compartir el momento, el recuerdo de Abby.

Me gustaría haberla conocido.

—Pero vivió al máximo. Mucho más que todos nosotros —dice Poe, sonriendo—. Le hubiera encantado una fiesta clandestina como ésta.

—Sí —dice Stella, por fin—. Por supuesto que le hubiera encantado.

Levanto el vaso.

—Por Abby —digo.

—¡Por Abby! —se suman todos, alzando los vasos. Stella me mira desde la otra punta y la expresión de sus ojos de color avellana es, por mucho, el mejor regalo de cumpleaños que podría tener.

21

Stella

Me reclino contra el mostrador y sonrío mientras Poe saca del horno una tarta recién hecha, totalmente en su elemento. Me mira con las cejas arqueadas.

—Quería ver al maestro trabajando.

Me guiña el ojo, se quita las manoplas y observo cómo maneja con seguridad el cuchillo de cocinero, cortando diestramente la tarta, con una floritura, en ocho trozos idénticos.

Mientras yo aplaudo él elije una fresa fresca y entrecierra los ojos. Se inclina sobre la fresa, la corta por aquí, la recorta por allá, con un control y una concentración absolutas. Al cabo de unos segundos la levanta con la mano enguantada y una gran sonrisa. La fresa se ha transformado en un bonito e intrincado rosetón, que coloca a un lado de la tarta.

Estoy boquiabierta.

—¡Poe! ¡Esto es increíble!

Se encoje de hombros, casual.

—Estoy practicando para el mes que viene, cuando Michael y yo vayamos a visitar a mi mamá —dice, y con su expresión parece que no quiere darle importancia.

No puedo reprimir un grito de emoción. ¡Por fin!

—Sí —dice, sonriendo de oreja a oreja—. Tienes razón, Stella. Michael me quiere. Y estas últimas semanas sin él han sido más duras de lo que pensaba. Yo también lo quiero —está radiante de alegría—. Va a venir mañana a comer. Vamos a intentarlo.

Me dan ganas de derribarlo de un abrazo, pero me reprimo antes de vencer el espacio que nos separa. Miro al mostrador, agarro una manopla y me la pongo para poder tender la mano y estrechar la suya.

Estoy llorando.

—Poe. Estoy tan…

Él me arranca la manopla de la mano y me la tira a la cabeza, mientras sus ojos se llenan también de lágrimas.

—¡Dios mío! ¡No llores, Stella! Sabes que soy incapaz de dejar que una chica llore sola.

—Son lágrimas de felicidad, Poe —digo, y ambos nos quedamos allí, sorbiéndonos los mocos—. ¡Estoy tan contenta!

El sonido de las risas llega de la otra habitación, y Poe se seca las lágrimas.

—¡Vamos! ¡Nos estamos perdiendo la fiesta!

Poe transporta con mucho cuidado su magnífica tarta con un mar de velas encima, y todos nos ponemos a cantar. Will sonríe a la luz de las velas y nos mira a todos.

—¡Feliz cumpleaños a ti! ¡Feliz cumpleaños a ti! ¡Feliz cumpleaños, querido Will! ¡Feliz cumpleaños a ti!

"Y que cumplas muchos más", gesticulo con la boca para que lo entienda. Estas palabras nunca habían tenido tanto sentido.

—¡Siento que sólo sea una tarta! —dice Poe, sonriendo—. Soy bueno, pero preparar un pastel en una hora está absolutamente fuera de mi alcance.

—Es fabulosa, Poe. Muchas gracias —dice Will, observando las velas con precaución.

—Si las apago yo, ustedes dos no van a poder comerla.

Me mira a mí y luego a Poe, y ambos asentimos de manera solemne.

Hope se inclina y apaga las velas. Acaricia el pelo de Will y le sonríe.

—¡Pedí un deseo en tu nombre!

Él sonríe de nuevo y guiña el ojo.

—¡Espero que tenga algo que ver con Stella saliendo de un pastel de cumpleaños en bikini!

Todo el mundo se ríe y Mya sujeta el celular a un palo de *selfie* y alarga el brazo para hacer una foto de grupo. Nos pegamos, manteniendo la distancia entre los que tenemos FQ. Pero en el preciso instante en que la cámara hace clic, oímos ¡BUM!

A nuestras espaldas, la puerta de cristal esmerilado se abre de sopetón y todos brincamos de sorpresa, volteamos y vemos… a Barb. Lo que faltaba. Se nos queda viendo, y nosotros la miramos a ella. Estamos todos perplejos para decir nada.

Poe se aclara la garganta.

—Hola, Barb. Creíamos que esta noche descansabas. ¿Te servimos un plato? Stella estaba a punto de empezar su actuación.

Nadie sabía que hoy le tocaba doble turno a Barb. Estoy segura de que no es casualidad que no nos haya dicho nada. Me conoce perfectamente. Y sabía que era el cumpleaños de Will. Mierda.

Nos mira fijamente y la rabia le invade cada poro de su cuerpo. Nos señala a los tres, y mi corazón se derrumba.

—Arriba. Ahora mismo.

Nos levantamos con lentitud y caminamos hacia ella. Ella nos mira sin saber qué decir.

—Síganme.

Sale de la sala, atraviesa la puerta batiente y entra en la cafetería. Nos despedimos brevemente con la mano de Hope y de Jason, de Mya y de Camila, y la seguimos al exterior. Esto es muy grave. He visto a Barb furiosa o enojada en múltiples ocasiones. Pero no hasta este punto.

La seguimos por el pasillo. Miro a Will, y él pronuncia con los labios "Todo saldrá bien". Pero la sonrisa no le llega a los ojos.

—Quedan confinados a sus habitaciones mientras realizamos los cultivos respiratorios pertinentes —dice, volteando a ver a Will—. Y tú. Serás trasladado mañana por la mañana.

—¡No! —exclamo, y ella me mira—. Barb, Will no tiene la culpa...

Ella levanta la mano para detenerme.

—Es posible que ustedes estén dispuestos a jugarse la vida, pero yo no.

Hay un silencio ensordecedor, y entonces Poe se ríe. Lo miramos y él sacude la cabeza, impertérrito. Me mira a los ojos y sonríe.

—Esto es como cuando éramos pequeños...

—¡Ya no son pequeños, Poe! —grita Barb, interrumpiéndolo a media frase.

—Tuvimos cuidado, Barb —dice él, sacudiendo la cabeza, con la voz muy seria—. No tomamos ningún riesgo. Seguimos todos tus consejos.

Hace un gesto para señalar la distancia que en todo momento mantenemos el uno del otro.

Se pone a toser. Es una tos rápida y breve. Entonces añade:

—Lo siento, Barb. Sólo queríamos pasarla bien.

Ella abre la boca para decir algo, pero enseguida la cierra y da media vuelta para acompañarnos el resto del camino hasta nuestro piso. Nadie dice una palabra durante el resto del trayecto. Miro a Will. Tengo ganas de estar cerca de él, pero eso es exactamente lo que nos ha metido en este problema.

Nos retiramos todos a las respectivas habitaciones. Poe nos guiña el ojo al entrar en la suya. Barb me lanza una última mirada de decepción antes de que mi puerta se cierre.

A medida que el reloj se va acercando a la medianoche, observo a Will, que duerme profundamente al otro lado de la pantalla de la computadora, con la expresión tranquila y pacífica. Me froto los ojos, agotada por este día tan largo, con todos los planes para la fiesta y el episodio final con Barb. Dejamos la llamada en curso porque sabemos que pronto se lo van a llevar a aislamiento. Ya no habrá más paseos de medianoche. Ni visitas a la sala de ejercicios. Ni notas pasadas debajo de las puertas. Nada de nada.

Los párpados se me cierran con lentitud cuando una alarma suena violentamente por el altavoz y me despierta de golpe.

—Código azul. Todo el personal disponible…

Me levanto, corro hacia la puerta para poder oír mejor las palabras confusas del aviso. Dios mío. Un código azul. A algún paciente se le paró el corazón. Y ahora mismo no somos muchos en este piso.

Abro la puerta y oigo que repiten el anuncio. En el pasillo se capta con mucha más claridad.

—Código azul. Todo el personal disponible a la habitación 310. Código azul.

Habitación 310.

Poe. Por favor, que no haya conectado bien el monitor.

Me agarro a la pared, todo da vueltas mientras veo pasar al equipo de socorro empujando un carrito a toda velocidad. Julie los sigue al interior de la habitación de Poe, recién iniciado el turno. Barb grita a lo lejos:

—¡No respira! No tiene pulso. Tenemos que darnos prisa.

No puede ser verdad..

Salgo corriendo, entro tropezando a su habitación. Veo sus piernas en el suelo, los pies le caen en dos direcciones distintas. No. No, no, no.

Barb le tapa el cuerpo, le introduce aire en los pulmones con una válvula de aire. No respira. Poe no respira.

—¡Vamos, cariño, no me hagas esto! —grita ella, mientras otra voz grita:

—¡Coloquen los parches desfibriladores!

Una forma se agacha sobre él, corta su camiseta favorita de la selección colombiana de futbol que su mamá envió para su cumpleaños y le estampa dos parches en el pecho. Por fin le veo la cara; tiene los ojos abiertos y la piel azul.

No siento los brazos ni las piernas.

—¡Poe! —grito, deseosa de que me oiga, deseosa de que reaccione.

Barb me ve y grita:

—¡No! Que alguien la saque de aquí.

—Neumotórax a tensión muy grave. Ha fallado el pulmón. ¡Necesitamos una bandeja de intubación! —grita una voz, y yo contemplo su pecho inmóvil y trato de transmitirle fuerzas para reaccionar.

Respirar. Tiene que respirar.

Me rodean muchos cuerpos y yo trato de apartarlos. Tengo que acercarme. Tengo que estar con Poe. Forcejeo contra brazos y hombros, intento abrirme paso.

—¡Cierren la puerta! —exclama Barb mientras unas manos me sacan al pasillo. Oigo su voz una vez más, dirigiéndose a Poe.

—¡Lucha, cariño! ¡Lucha, maldita sea!

Veo a Julie, con los ojos sombríos.

Alguien me cierra la puerta en las narices.

Retrocedo tropezando, me volteo y veo a Will detrás de mí. Tiene la cara tan pálida como la de Poe. Alarga el brazo, pero luego cierra el puño, con los ojos llenos de frustración. Tengo ganas de vomitar. Me apoyo contra la pared, me deslizo hasta el suelo, respiro a breves bocanadas. Will se sienta contra la pared, a cinco pies de distancia. Me rodeo las piernas con los brazos temblorosos, descanso la cabeza sobre las rodillas y cierro los ojos. Sólo veo a Poe, allí tumbado.

Calcetines de rayas.

Camiseta de futbol amarilla.

No puede ser verdad.

Volverá en sí. Tiene que hacerlo. Se incorporará y se quejará de haber comido demasiada pasta o de haberse embelesado en exceso con Anderson Cooper, y me pedirá que esta noche lo acompañe a tomar una malteada. Las malteadas que llevamos diez años tomando.

Las malteadas que necesitamos tomar juntos durante la próxima década.

Oigo pasos, levanto la cabeza y veo a la doctora Hamid que se apresura por el pasillo.

—Doctora Hamid… —intento decir.

—Ahora no, Stella —dice con firmeza y empuja la puerta de la habitación. Se abre de par en par y veo a Poe. Tiene la cara volteada hacia mí, con los ojos cerrados.

Sigue inmóvil.

Pero lo peor es Barb. Barb tiene la cabeza entre las manos. Dejó de intentarlo. No.

Le están retirando todo. Los cables. Los tubos de intubación.

—¡No! —oigo que grita mi propia voz, y el cuerpo entero con ella—. ¡No, no, no, no!

Levanto la mano, me pongo de pie y me echo a correr hacia mi habitación. Murió.

Poe murió.

Avanzo tropezando por el pasillo, recuerdo sus ojos el día que nos conocimos, su sonrisa desde la puerta de la habitación, su mano posándose sobre la mía a través de la manopla de la cocina, hace apenas unas horas. Mis dedos encuentran el pomo de la puerta y entro en mi habitación. Todo está borroso porque las lágrimas me inundan la cara.

Doy media vuelta y veo que Will me siguió hasta aquí, y me acerco un poco más mientras los sollozos me hacen temblar el cuerpo, provocándome un dolor en las costillas que no me deja respirar.

—Está muerto. ¡Will, está muerto! Michael, sus papás… Dios mío —sacudo la cabeza, me agarro los costados—. ¡Will! Estaba a punto de… Nunca lo volverán a ver.

Entonces, como si me aplastara una losa, me doy cuenta.

—Nunca lo volveré a ver.

Cierro los puños y camino sin rumbo.

—Nunca lo abracé. Nunca. ¡Prohibido tocar! Prohibido acercarse demasiado. ¡No, no, no! —grito, histérica, tosiendo, mareada—. Era mi mejor amigo y nunca lo abracé.

Y nunca lo haré. Es una sensación horriblemente familiar, que no puedo soportar.

—Estoy perdiendo a todo el mundo —jadeo.

Abby. Poe. Todos se han ido.

—A mí no me vas a perder —dice Will, con la voz suave pero decidida. Se acerca a mí, alarga la mano, casi me rodea con los brazos.

—¡No! —lo ahuyento, retrocedo, me alejo más allá de los cinco pies. Pego la espalda a la pared opuesta de la habitación—. ¿Qué estás haciendo?

Entonces se da cuenta y retrocede hacia la puerta, horrorizado.

—Mierda, Stella. Lo siento mucho, sólo quería...

—¡Fuera! —grito, pero ya salió al pasillo, ya vuelve corriendo a su habitación. Cierro de un portazo, mi cabeza me retumba de furia. De miedo. Miro a mi alrededor y sólo hay pérdidas por todas partes, unas pérdidas que hacen que las paredes se cierren y me asfixien cada vez más.

Esto no es una habitación.

Corro hacia la pared, mis dedos doblan los bordes de un póster. Cede y lo arranco de la pared del hospital.

Arranco la colcha, tiro las almohadas al suelo. Lanzo a Remiendos contra la puerta. Tiro todos los libros y papeles y listas de asuntos pendientes del escritorio, todo cae estrepitosamente al suelo. Sin mirar, agarro lo primero que encuentro en el buró y lo aviento contra la pared.

El jarrón de cristal se rompe en mil pedazos, y un mar de trufas negras se esparce por el suelo.

Me quedo helada y veo cómo ruedan en todas direcciones. Las trufas de Poe.

Todo queda en silencio excepto mi pecho, que sube y baja con dificultad. Me pongo de rodillas, los sollozos me doblan de dolor, e intento recoger las trufas, una por una. Miro a Remiendos, tirado en el suelo, gastado y harapiento, solo a excepción de una trufa solitaria que descansa contra su pierna deshilachada.

Los ojos tristes y pardos me están mirando, alargo la mano para recogerlo. Me lo llevo al pecho, lo abrazo, mis ojos viajan hasta el dibujo de Abby y luego a la foto de las dos.

Me levanto, temblorosa, y me derrumbo sobre la cama, me enrosco como una pequeña bola sobre el colchón desnudo de vinilo, y las lágrimas bajan por mi cara mientras permanezco inmóvil, tumbada y sola.

El sueño viene y va, mis propios sollozos me despiertan una y otra vez a una realidad que es demasiado dolorosa para asumirla. Doy vueltas y vueltas, mis sueños se pueblan de imágenes de Poe y de Abby, las sonrisas se transforman en muecas de dolor que se funden en la nada. Barb y Julie entran por separado en la habitación, pero yo cierro los ojos y espero a que vuelvan a salir.

Ya despierta, permanezco tumbada en la cama mirando al techo, entumecida, mientras la luz cambiante transporta la mañana hacia la tarde.

El celular vibra ruidosamente desde el suelo, pero lo ignoro, no quiero hablar con nadie. Will. Mis papás. Camila y Mya. ¿De qué va a servir? Moriré yo o morirán ellos, y este ciclo de personas que mueren y personas que se compadecen continuará para siempre.

Si este año me ha enseñado algo, es que el dolor puede destruir a una persona. Destrozó a mis papás. Destrozará a los papás de Poe. A Michael.

A mí.

Durante años me he conformado con el hecho de morirme. Siempre he sabido que iba a suceder. Ha sido ese algo inevitable con el que he tenido que convivir, esa conciencia de que moriría mucho antes que Abby o que mis papás.

Pero en cambio, nunca me había preparado para guardar duelo.

Oigo voces en el pasillo y me levanto, avanzo por entre los destrozos hasta la puerta de la habitación, recojo el celular del suelo, noto cómo vibra en la palma de mi mano. Salgo como puedo al pasillo y me dirijo a la habitación de Poe. Alguien entra con una caja. Lo sigo, sin saber exactamente por qué. Cuando miro al interior, una parte de mí espera ver a Poe ahí sentado, viéndome al pasar, como si todo hubiera sido una pesadilla.

Todavía recuerdo cómo pronunciaba mi nombre. Stella. Su modo de decirlo, con esa expresión cariñosa en los ojos, esa sonrisa que jugaba con sus labios.

Pero lo que encuentro es una habitación de hospital vacía, con una patineta solitaria apoyada contra la cama. Uno de los pocos vestigios de que Poe, mi querido y maravilloso amigo Poe, la ocupó una vez. Y Michael. Sentado sobre la cama, con la cabeza entre las manos, la caja vacía a su lado. Vino a buscar las cosas de Poe. El póster de Gordon Ramsay. Las camisetas de futbol. El estante de especias.

Solloza y le tiembla todo el cuerpo. Me gustaría decirle algo, consolarlo. Pero no tengo palabras. Soy incapaz de salir del pozo profundo en el que he caído.

Por eso cierro los ojos, aparto la cabeza y sigo caminando.

Al pasar, las yemas de mis dedos se adhieren a la puerta de la habitación de Will. Tiene la luz encendida, brilla bajo la rendija, me desafía a llamar. A acudir a él.

Pero sigo caminando sin rumbo. Mis pies me transportan por escaleras y pasillos y puertas hasta que alzo la vista y veo el cartel de la sala de juegos infantil, y se me encoje el corazón al ver las letras de colores. Aquí es donde empezó todo. Donde jugaba con Poe y con Abby, cuando ninguno de los tres tenía ni idea de la poca vida que nos quedaba.

Una vida en el hospital.

Me estiro el cuello de la camisa, y por primera vez en todos estos años en Saint Grace tengo la sensación de que las paredes se cierran a mi alrededor y me oprimen el pecho.

Necesito aire.

Corro por el pasillo, regreso al Edificio 1, pulso el botón del elevador hasta que se abren las puertas de acero y el artefacto me devuelve a mi piso. Abro con violencia la puerta de mi habitación y observo con aprensión el carrito de las medicinas obsesivamente organizado. Lo único que he hecho durante todo este tiempo ha sido medicarme y escribir mis estúpidas listas de asuntos pendientes, intentando mantenerme con vida durante el máximo tiempo posible.

Pero ¿por qué?

Si dejé de vivir el día en que Abby murió, ¿para qué hago todo esto?

Poe apartó a las personas que lo querían para no hacerles daño, pero tampoco le sirvió de nada. Michael sigue sentado en su cama, destrozado, pensando una y otra vez en las semanas que hubieran podido pasar juntos. Tanto si muero ahora como dentro de diez años, mis papás quedarán destrozados. Y yo habré sido una desdichada obsesionada por respirar unas cuantas veces más.

Abro las puertas del clóset para descolgar el abrigo, la bufanda y los guantes, con un deseo repentino de salir de este lugar. Meto el concentrador portátil de oxígeno en una pequeña mochila y me dirijo a la puerta.

Espío el pasillo y veo que el mostrador de las enfermeras está vacío.

Me ajusto las correas de la mochila y me dirijo a las escaleras del final del pasillo. Caminando a paso rápido, abro la puerta antes de que me vea nadie y me topo con los primeros escalones. Los subo uno por uno, y cada escalón me acerca más a la libertad, cada aliento es un desafío al universo. Corro, y la emoción aparta de mi mente todo lo demás.

La puerta roja de salida aparece delante de mí. Saco el billete doblado de Will, que continúa en el bolsillo del abrigo después de tanto tiempo. Aseguro con el billete el botón de la alarma, abro la puerta y utilizo un ladrillo que hay contra la pared para mantenerla abierta.

Salgo a la azotea y me acerco al borde para ver el mundo bajo mis pies. Respiro profundamente el aire helado y suelto un grito muy largo. Grito hasta que la voz se convierte en tos. Pero me siento bien. Miro hacia abajo, jadeando, y veo a Will en su habitación. Se cuelga al hombro una gran bolsa de lona y se dirige a la puerta.

Se va.

Will se va.

Miro a lo lejos, las luces de Navidad que parpadean como estrellas, llamándome.

Y en esta ocasión, respondo.

22

Will

Estoy sentado en una silla esperando a que Barb venga a buscarme para llevarme al aislamiento que tanto merezco. Las horas van pasando, la mañana dio paso a la tarde, la tarde al atardecer, el atardecer a la noche, y sigo sin tener noticias suyas. Supongo que la amenaza de ayer ha quedado enterrada por los sucesos posteriores.

Observo el reloj del buró, donde los minutos siguen avanzando. Las cifras rojas van cambiando y el día de ayer va quedando atrás.

Poe va quedando atrás.

Poe murió el día de mi cumpleaños.

Con tristeza, recuerdo sus risas durante la cena. Estaba perfectamente, hasta que de pronto...

Estoy mortificado. La expresión de conmoción y de terror en el rostro de Stella cuando me miró, su rabia al empujarme, me persigue por millonésima vez el día de hoy.

¿Por qué lo hice? ¿En qué estaba pensando?

No pensaba. Ése es el problema. Stella trazó una serie de normas y yo no fui capaz de cumplirlas. ¿Qué me pasa?

Algún día cometeré una estupidez. Algo que nos mate a los dos.

Tengo que largarme de aquí.

Me levanto de la silla, saco la bolsa grande de lona de debajo de la cama. Abro los cajones y tiro la ropa en la bolsa, lo recojo todo lo más rápido que puedo. Llamo un Uber, meto los utensilios de pintura y los cuadernos de dibujo en la mochila, primero las cosas más importantes y luego los lápices y los papeles desordenados. Coloco con mucho cuidado la caricatura enmarcada que me regaló mi mamá en lo alto de la bolsa de lona, envuelta en una camisa, y luego subo el cierre y tecleo un pin para que el conductor me recoja en la entrada este.

Me pongo el abrigo y salgo de la habitación, me lanzo por el pasillo hacia las puertas dobles y bajo en el elevador al vestíbulo este. Me pongo el gorro de lana, voy hacia la puerta principal y espero en el vestíbulo.

Impaciente, golpeo el suelo con el pie, compruebo la localización de mi coche, volteo al intuir cierto movimiento al otro lado de las puertas. El cristal se empaña y veo una mano que dibuja un corazón.

Stella.

Ahora la veo, en la oscuridad.

Nos quedamos mirando, con el cristal de la puerta entre los dos. Va envuelta en una gruesa chamarra verde. Lleva una bufanda bien atada alrededor del cuello, un par de guantes en las manos pequeñas y la mochila al hombro.

Levanto el brazo, presiono la palma de la mano contra el cristal, en el corazón que dibujó.

Ella dobla el dedo, llamándome para que salga.

El corazón me da un vuelco. ¿Qué está haciendo? Tiene que volver a entrar, hace un frío espantoso. Tengo que salir a buscarla.

Empujo suavemente la puerta y el aire frío me golpea en el rostro. Me bajo el gorro por encima de las orejas y me acerco a ella. Mis pasos producen un fuerte crujido al pisar la perfecta manta blanca de nieve.

—Vamos a ver las luces —dice ella cuando me detengo a su lado, con el taco de billar invisible entre los dos. Está alterada. Casi frenética.

Miro hacia las luces de Navidad, consciente de lo lejos que están.

—Stella, las luces están a dos millas. Vamos adentro…

Ella me interrumpe.

—Yo voy a ir —sus ojos resueltos se encuentran con los míos, llenos de algo que no había visto antes, algo salvaje. Es evidente que va a ir, con o sin mí—. Acompáñame.

Como rebelde no me gana nadie, pero esto tiene toda la pinta de un impulso suicida. ¿Dos chicos con los pulmones disfuncionales recorriendo dos millas a pie para ver las luces?

—Stella. No es el momento de hacerse la rebelde. ¿Es por lo de Poe? Es por lo de Poe, ¿verdad?

Voltea a verme.

—Es por lo de Poe. Por lo de Abby. Es por ti y por mí, Will, y por todo lo que nunca podremos hacer juntos.

Permanezco en silencio, observándola. Parece que sus palabras salieran directamente de mi boca, pero al oírlas dichas por ella, no suenan igual.

—Si esto es todo lo que vamos a tener, aprovechémoslo. Quiero ser valiente y libre —dice, y me mira desafiante—. Es la vida, Will. Se terminará antes de que nos hayamos dado cuenta.

Bajamos por la banqueta vacía, y la luz de los faroles hace brillar los trozos de hielo. Intento mantenerme a seis pies de ella mientras caminamos a un paso lento y precavido para no resbalar.

Miro a lo lejos, a la carretera, y luego otra vez a Stella.

—Vamos en un Uber, por lo menos.

Pienso en el que ya está de camino.

Pone los ojos en blanco.

—Quiero pasear y disfrutar de la noche —dice, acercándose y tomándome de la mano.

Retrocedo, pero ella se agarra con fuerza, sus dedos se entrelazan con los míos.

—¡Llevamos guantes! No hay peligro.

—Pero tenemos que estar a seis pies… —intento decir, y ella se separa un poco y alarga el brazo, pero sin soltarse.

—Cinco pies —responde ella, decidida—. Lo estoy cumpliendo.

La observo un momento, absorbo la expresión de su rostro y dejo que todo el miedo y el nerviosismo se desvanezcan. Por fin estoy fuera de un hospital. Estoy yendo a alguna parte, en vez de verlo todo desde una azotea o desde una ventana.

Y Stella está a mi lado. Dándome la mano. Y aunque sé que no es correcto, no sé por qué razón no puede serlo.

Cancelo el Uber.

Avanzamos dificultosamente a través de la nieve, las luces nos llaman a lo lejos, la frontera del parque se aproxima lentamente, está cada vez más cerca.

—Aún quiero ver la capilla Sixtina —dice mientras caminamos, pisando la nieve con decisión.

—Estaría padre —digo, encogiéndome de hombros. No está en lo más alto de mi lista, pero si ella quiere, yo iré también.

—¿Adónde te gustaría ir? —me pregunta.

—A cualquier parte —respondo, pensando en todos los sitios donde he estado sin disfrutarlos—. Brasil, Copenhague, Francia. Me gustaría hacer un viaje por el mundo yendo a todos los sitios que no he podido explorar, porque sólo he visto hospitales. Jason me dijo que si llegaba a hacerlo, él me acompañaría.

Me aprieta la mano y asiente, comprensiva. La nieve nos cubre las manos, los brazos y las chamarras.

—¿Te gusta el clima frío o el cálido? —le pregunto.

Se muerde el labio, pensando.

—Me gusta la nieve. Pero, aparte de esto, creo que prefiero el clima cálido —me mira, con curiosidad—. ¿Y a ti?

—Me gusta el frío. Aunque no soy un gran fan de caminar arduamente en condiciones extremas —respondo, ajustándome el gorro y sonriendo. Me agacho, recojo un puñado de nieve y la compacto—. En cambio, soy un gran fan de tirar bolas de nieve.

Ella levanta la mano, sacude la cabeza y se ríe, al tiempo que se aleja de mí.

—Will. Ni se te ocurra.

Entonces recoge una bola de nieve y con la velocidad del rayo me la tira contra el pecho. Me le quedo mirando, asombrado, y caigo dramáticamente de rodillas.

—¡Me diste!

Me tira otra bola y me da en el brazo con la precisión de un francotirador. Me lanzo hacia ella, y ambos reímos y seguimos con nuestra guerra de nieve mientras continuamos avanzando hacia las luces.

Demasiado pronto, los dos empezamos a jadear por falta de aire.

La tomo de la mano en señal de tregua, para terminar de subir la pronunciada cuesta, y al llegar por fin a lo alto volteamos para mirar atrás.

Stella exhala, despidiendo vaho por la boca, y ambos contemplamos la nieve y el hospital, que queda ya muy atrás.

—Desde lejos parece mucho más bonito.

La miro. La nieve cae con suavidad sobre su pelo y su cara.

—¿Esto estaba en tu lista de asuntos pendientes? ¿Fugarse con Will?

Ella se ríe. Es una risa feliz y real, a pesar de los pesares.

—No. Pero ahora la lista cambió.

Abre los brazos y se deja caer de espaldas sobre el suelo, la nieve cede y emite un sonido amortiguado. Observo cómo dibuja con el cuerpo un ángel en la nieve, riendo mientras agita los brazos y las piernas. Sin listas de asuntos pendientes, sin hospitales agobiantes, sin régimen obsesivo, sin nadie más de quién preocuparse.

Es simplemente Stella.

Abro los brazos y caigo a su lado, la nieve se amolda a mi cuerpo al aterrizar. Me río y dibujo también un ángel en la nieve, siento el frío y a la vez el calor del instante.

Paramos y miramos al cielo. Las estrellas se ven al alcance de la mano. Son tan brillantes que parece que podemos tocarlas. La miro, y frunzo el ceño al darme cuenta del bulto que le sobresale de la parte frontal del abrigo, sobre el pecho.

No es porque la haya estado viendo, pero sus senos no son tan grandes, ni mucho menos.

—¿Qué demonios es eso? —pregunto, señalando al bulto.

Abre el cierre del abrigo y descubre un panda de peluche, pegado contra el pecho. Con una sonrisa irónica, la miro a los ojos.

—Esto merece una explicación.

Se saca el oso panda del abrigo y lo sostiene.

—Abby me lo regaló durante mi primera estancia en el hospital. Me acompaña desde entonces.

Me la imagino de niña, pequeña y asustada, llegando a Saint Grace por primera vez, abrazada al panda raído. Me río y me aclaro la garganta.

—Bueno, pues me alegro. No es necesario que te diga que un tercer seno hubiera sido el fin.

Me mira indignada, pero se le pasa enseguida. Vuelve a guardarse el panda y se sienta para abrocharse el abrigo.

—Vayamos a ver las luces —digo por fin, levantándome. Ella intenta imitarme, pero vuelve a caer al suelo. Me arrodillo y veo que la correa del concentrador de oxígeno se quedó enganchada a una raíz. Suelto la correa y le tiendo la mano para ayudarla a levantarse de nuevo. Ella la acepta y yo estiro, su cuerpo se levanta de golpe y el impulso la coloca apenas a unas pulgadas de mí.

La miro a los ojos. El aire que despiden nuestras bocas se entremezcla en el pequeño espacio que hay entre nosotros y hace lo que nuestros cuerpos nunca podrán hacer. Tras ella veo los ángeles de nieve, separados por cinco pies exactos. La suelto y retrocedo rápidamente antes de que la necesidad mareante de besarla vuelva a apoderarse de mí.

Seguimos caminando, y por fin llegamos al parque y al estanque gigante, con las luces un poco más allá. Observo cómo la luz de la luna reluce sobre la superficie helada, oscura y bella. Miro atrás y veo a Stella que respira pesadamente, luchando por recobrar el aliento.

—¿Estás bien? —pregunto, acercándome un poco.

Ella asiente, mira a mis espaldas y señala.

—Descansemos un poco.

Detrás de mí hay una pasarela de piedra. Le sonrío. Nos dirigimos lentamente al pequeño puente, siguiendo con precaución la orilla del estanque.

Stella se detiene en seco, alarga lentamente el pie para tocar el hielo y poco a poco va colocando más y más peso de su cuerpo, probando el estado del hielo bajo el zapato.

—Stella, no lo hagas —le advierto, pues ya me la imagino rompiendo el hielo y cayendo al agua helada.

—Es totalmente sólido. ¡Vamos!

Me atraviesa con la mirada. Es la misma mirada que llevo viendo toda la noche: valiente, traviesa, atrevida.

Y temeraria. Pero no quiero pensarlo.

Si esto es todo lo que vamos a tener, aprovechémoslo.

Respiro profundo, acepto el desafío, la tomo de la mano y nos deslizamos juntos por encima del hielo.

23

Stella

Por primera vez en mucho tiempo no tengo la sensación de estar enferma.

Agarrados de las manos, Will y yo nos deslizamos sobre la superficie del hielo y reímos al intentar mantener el equilibrio. Como no lo consigo, me suelto de sus brazos para no arrastrarlo conmigo y caigo de nalgas, de un golpe.

—¿Estás bien? —pregunta él, riendo todavía más.

Asiento, feliz. Mejor que bien. Veo cómo sale corriendo y aúlla al deslizarse de rodillas por el hielo. Estar con Will hace que el dolor por Poe sea menos cegador y me llena el corazón hasta el borde, aunque todavía lo tenga hecho pedazos.

El celular suena en mi bolsillo, y lo ignoro, como llevo haciendo todo el día, pues prefiero contemplar a Will a lo lejos, patinando por el estanque. Por fin deja de sonar, y me levanto lentamente. Enseguida vuelve a vibrar con una rápida sucesión de mensajes.

Saco el celular, irritada, y veo que está hasta arriba de mensajes de mi mamá, de mi papá y de Barb.

Pensaba que serían más mensajes sobre Poe, pero unas palabras muy distintas se abalanzan sobre mí.

PULMONES. LLEGAN DENTRO DE TRES HORAS. ¿¿¿DÓNDE ESTÁS???

STELLA. ¡RESPONDE, POR FAVOR! LOS PULMONES ESTÁN DE CAMINO.

Me quedé helada. El aire se escapa de mis pulmones actuales y estropeados. Miro a Will, al otro lado del estanque, dando vueltas y vueltas y más vueltas. Es lo que quería. Lo que Abby quería. Unos pulmones nuevos.

Pero vuelvo a mirar a Will en el estanque, el chico al que amo, el que tiene B. cepacia y nunca tendrá una oportunidad como ésta.

Miro el teléfono, con la mente a mil por hora.

Pulmones nuevos significa hospital y medicinas y recuperación. Significa terapia, posibilidad de infección y mucho dolor. Pero, lo más importante, significa que me van a separar de Will todavía más. Es probable que me aíslen incluso, para mantener la B. cepacia alejada de mí.

Tengo que elegir.

¿Pulmones nuevos?

¿O Will?

Ahora me mira con una sonrisa tan radiante que no dudo.

Apago el celular y me lanzo a través del hielo, patinando y frenando hasta estamparme con fuerza contra él. Se agarra a mí, apenas consigue sujetarse y evitar que nos derrumbemos sobre el hielo.

No necesito unos pulmones nuevos para sentirme viva. Me siento viva ahora mismo. Mis papás decían que querían verme feliz. Y yo creo que ser feliz es esto. Al final van a perderme, y eso es algo que no podemos controlar.

Will tenía razón. ¿Quiero pasarme la vida nadando a contracorriente?

Me separo de él e intento girar sobre mí misma, apunto la cara al cielo estrellado. Dando vueltas y vueltas sobre el hielo resbaladizo, oigo su voz.

—Dios mío, cuánto te quiero.

Lo dice de un modo suave, real y maravilloso.

Cuando bajo los brazos y dejo de girar, volteo a verlo, respiro en pequeños jadeos. Me aguanta la mirada y siento la misma atracción que siempre he notado, una gravedad innegable que me reta a cerrar el espacio entre los dos. A cubrir cada pulgada de esos cinco pies.

Con la diferencia de que, esta vez, lo hago.

Corro hacia Will, nuestros cuerpos chocan, los pies ceden y caemos sobre el hielo, riendo juntos al aterrizar. Lo jalo para que me abrace, reposo la cabeza sobre su pecho, mientras la nieve sigue cayendo a nuestro alrededor, y mi corazón late con tanta fuerza que estoy casi segura de que puede oírlo. Observo cómo se echa hacia adelante. Cada una de sus respiraciones es como un imán que me acerca a él.

—Sabes que quiero —susurra, y casi puedo notarlo. Sus labios se encuentran con los míos, fríos por la nieve y el hielo, pero absolutamente perfectos—. Pero no puedo.

Desvío la mirada y descanso la cabeza sobre su abrigo, veo caer la nieve. No puede. No puede. Me trago esa sensación tan familiar que me oprime el pecho.

Vuelve a callar, y noto los pulmones que suben y bajan bajo mi cabeza, oigo que se le escapa un suspiro.

—Me das miedo, Stella.

Levanto la mirada, frunzo el ceño.

—¿Qué? ¿Por qué?

Me mira a los ojos, habla con la voz seria.

—Me haces desear una vida que no puedo tener.

Sé perfectamente a qué se refiere.

Sacude la cabeza, con expresión sombría.

—Es lo más escalofriante que he sentido nunca.

Recuerdo cuando nos conocimos y luego cuando lo vi balancearse al borde de la azotea.

Con el brazo tendido, su mano enguantada me toca levemente el rostro. Sus ojos azules están oscuros y graves.

—Excepto esto, tal vez.

Nos quedamos en silencio, mirándonos a la luz de la luna.

—Esto es tan romántico que da asco —dice, con una de sus sonrisas asimétricas.

—Lo sé —digo—. Y me encanta.

Entonces oímos un ruido. Cric, crac, cric. El hielo gruñe debajo de nosotros. Damos un salto, riendo, y aterrizamos juntos, tomados de las manos, en tierra firme.

24

Will

—¿Cuál es tu lugar soñado para vivir? —le pregunto mientras volvemos a paso lento hacia la pasarela, su mano enguantada descansa dentro de la mía.

Retiramos la nieve recién caída del barandal del puente y nos aferramos a él, nuestras piernas se balancean al compás.

—Malibú —responde, colocándose el concentrador de oxígeno a un lado mientras contemplamos el estanque—. O Santa Bárbara.

Elegiría California.

La miro.

—¿California? ¿En serio? ¿Por qué no Colorado?

—¡Will! —dice ella, riendo— ¿Colorado? ¿Con nuestros pulmones?

Sonrío y encojo los hombros, imaginando el bello paisaje de Colorado.

—¿Qué quieres que te diga? ¡Las montañas son preciosas!

—Ay, no —dice ella, suspirando ruidosamente, con voz provocativa—. A mí me gusta la playa y a ti la montaña. ¡Estamos perdidos!

Suena un mensaje en mi celular y lo saco para ver de quién es. Ella me agarra la mano, intentando detenerme.

Me encojo de hombros.

—Por lo menos deberíamos avisar que estamos bien.

—¿No que muy rebelde? —me dispara, intentando arrebatarme el celular. Me río, pero luego me quedo helado al ver que la pantalla está llena de mensajes de mi mamá.

¿A estas horas de la noche?

Retiro la mano de Stella y veo que todos los mensajes son exactamente iguales: PULMONES PARA STELLA. VUELVAN ENSEGUIDA.

Salto del barandal, embargado por la emoción.

—¡Dios mío! ¡Stella, tenemos que volver ahora mismo! —la tomo de la mano, intentando bajarla de la barandilla—. Pulmones… ¡Tienen unos pulmones para ti!

Ella no se mueve. Tenemos que volver de inmediato. ¿Por qué no se mueve? ¿Acaso no lo entiende?

Impertérita, sigue con la vista fija en las luces navideñas, sin reaccionar a lo que acabo de decir.

—Todavía no he visto las luces.

¿Qué carajos?

—¿Lo sabías? —pregunto, y es como si me hubiera atropellado un tráiler—. ¿Qué estás haciendo aquí, Stella? Esos pulmones son tu oportunidad para tener una vida de verdad.

—¿Pulmones nuevos? Cinco años, Will. Ésa es la fecha de caducidad —resopla y me mira—. ¿Qué pasará cuando esos pulmones empiecen a fallar? Volveré a lo mismo.

Es mi culpa. La Stella de hace dos semanas no hubiera sido tan estúpida. Pero ahora, gracias a mí, está a punto de tirarlo todo por la borda.

—¡Cinco años son una vida entera para la gente como nosotros, Stella! —respondo a gritos, intentando hacérselo comprender—. Antes de la B. cepacia, hubiera matado por unos pulmones nuevos. No seas idiota —saco el teléfono y empiezo a marcar un número—. Voy a llamar al hospital.

—¡Will! —grita ella, tratando de impedírmelo.

Contemplo horrorizado cómo el catéter se engancha de nuevo en un hueco de la piedra de la pasarela, le jala la cabeza hacia atrás y la desequilibra. Intenta agarrarse al barandal resbaladizo, pero la mano se desliza y todo su cuerpo se desploma.

Intento agarrarla, pero cae contra el hielo, de espaldas, y el concentrador aterriza a su lado con un golpe seco.

—¡Mierda, Stella! ¿Estás bien? —grito, a punto de lanzarme sobre su cuerpo inmóvil.

Y entonces se ríe. No se lastimó. Gracias a Dios. No se hizo daño. Sacudo la cabeza, aliviado.

—Fue un…

Se oye un fuerte chasquido. Veo cómo intenta pararse, pero ya es demasiado tarde.

—¡Stella! —grito justo cuando el hielo se desploma debajo de su cuerpo y el agua oscura la engulle, se la traga entera.

25

Stella

Agito los brazos y las piernas desesperadamente, el agua helada me rodea, intento nadar hasta la superficie. El abrigo pesa mucho, el agua lo jala, me arrastra todavía más hacia las profundidades. Lo desabrocho frenéticamente, empiezo a salir de él y entonces veo a Remiendos que se aleja flotando. Me arden los pulmones al ver la luz del agujero por el que he caído. El cordel delgado del concentrador de oxígeno es una guía para llegar a la superficie.

Pero entonces veo a Remiendos.

Mi cuerpo se hunde cada vez más, el frío me extrae el aire de los pulmones, las burbujas que expulso suben a la superficie.

Voy por el oso, intento agarrarlo desesperada, mis dedos tocan la piel. Toso, los últimos restos de oxígeno abandonan mi cuerpo, me retumba la cabeza y el agua me llena los pulmones.

La visión es borrosa y oscura, el agua va cambiando frente a mis ojos, se transforma lentamente en un cielo negro donde aparecen pequeños puntitos de luz.

Estrellas.

Las estrellas del dibujo de Abby. Nadan en mi dirección, me rodean y trazan círculos a mi alrededor. Floto entre ellas, contemplo cómo centellean.

Un momento.

Esto no puede ser.

Parpadeo y vuelvo a estar dentro del agua, reúno todas mis fuerzas y empujo hacia arriba con todo lo que tengo. Alguien me tiende una mano, mis dedos se enroscan desesperadamente en ella, me saca del agua sin esfuerzo aparente.

Me quedo allí tumbada, jadeando, me levanto y miro alrededor.

¿Dónde está Will?

Levanto la mano y me toco el pelo. Está seco. Me toco la camisa y los pantalones. Están secos. Coloco la palma de la mano sobre el hielo, esperando notar el frío. Pero... nada. Pasa algo raro.

—Sé que me extrañas, pero esto es ir demasiado lejos —dice una voz a mi lado. Giro la cabeza y veo el pelo rizado y castaño, los ojos de color avellana idénticos a los míos, la sonrisa que conozco tan bien.

Abby.

Es Abby.

No lo entiendo. La abrazo, la sacudo para asegurarme de que es real. Está ahí, de verdad. Está... Un momento.

Me echo para atrás y miro alrededor, al estanque helado, al puente de piedra.

—Abby. ¿Estoy... muerta?

Ella sacude la cabeza y entrecierra los ojos.

—Bueno… no del todo.

¿No del todo? Me alegro mucho de verla, pero es un alivio oír sus palabras. Todavía no quiero morir.

La verdad, quiero vivir mi vida.

Oímos un chapoteo a la distancia. Volteo para buscar la causa del sonido, pero no veo nada. ¿Qué fue ese ruido?

Agudizo el oído y entonces oigo una especie de eco, a lo lejos.

Su voz.

Es la voz de Will, rugosa, acompañada por algunos jadeos cortantes, superficiales.

—¡Aguanta, Stella!

Miro a Abby y sé que ella también lo oye. Vemos que mi pecho empieza lentamente a expandirse y bajar, a expandirse y a bajar, una y otra vez.

Como si me estuvieran haciendo respiración de boca a boca.

—No… ahora no. Vamos… Ahora no. Respira —dice su voz, con mayor claridad.

—¿Qué pasa? —le pregunto a ella, al ver que la visión que tengo enfrente empieza a variar lentamente. Es Will. Su silueta va tomando forma, está tan cerca que puedo tocarla.

Se inclina sobre mi cuerpo.

Mi cuerpo.

Veo cómo tiembla, tose, balancea el cuerpo al bajar. Cada aliento es un esfuerzo, y observo cómo toma aire en un esfuerzo desesperado por llenar los pulmones.

Y cada vez que respira, me pasa el aire a mí.

—Está respirando por ti —dice Abby cuando mi pecho vuelve a expandirse.

Con cada aliento que introduce en mis pulmones, la visión se vuelve más y más vívida. Su rostro se está poniendo azul, cada aliento le duele más.

—Will —susurro, al ver cómo lucha por introducir el aire en mi cuerpo.

—Te quiere de verdad, Stell —dice Abby, que nos observa. A medida que la escena toma forma, ella se desvanece.

Me revuelvo, agitada, vuelvo a sentir la pérdida que no me deja dormir por las noches. La pregunta sin responder.

Abby me sonríe, sacude la cabeza, ya está lejos de mí.

—No me dolió. No tuve miedo.

Respiro hondo, dejo salir un suspiro de alivio que llevo más de un año reprimiendo. De pronto, mi pecho jadea de repente y me pongo a toser, a sacar agua por la boca.

Veo que mi cuerpo, a pocos pies de distancia, hace exactamente lo mismo.

Ahora Abby sonríe de oreja a oreja.

—Tienes que seguir viviendo, ¿sí? Vive, Stella. Hazlo por mí.

Se va desvaneciendo y a mí me entra pánico.

—¡No! ¡No te vayas! —digo, agarrándome a ella.

Abby me sujeta, me abraza contra su cuerpo, noto el aroma cálido del perfume de flores. Me susurra al oído:

—No iré lejos. Siempre estaré aquí. A una pulgada de distancia. Te lo prometo.

26

Will

Tengo la garganta en llamas.

Los pulmones están en las últimas.

Una vez más. Por Stella.

—No… ahora no. Vamos… Ahora no. Respira —suplico, mientras el frío me apalea y le sujeto la cara entre las manos, introduciendo todo mi aire en sus pulmones.

Me duele tanto que apenas puedo soportarlo.

Se me nubla la visión, el color negro se desborda, lo cubre todo lentamente hasta que lo único que veo es la cara de Stella rodeada por un mar de negro.

Ya no me queda nada. Ya no me queda… no.

Me enderezo, lucho desesperadamente por una última y breve respiración, consciente, en lo más hondo de mi pecho, de que éste es el último aliento.

Y se lo doy a ella. Le doy todo lo que tengo, a ella, a la chica a la que amo. Ella lo merece.

Introduzco cada brisa de aire de mi cuerpo en sus pulmones, me desplomo sobre ella, sin saber si ha servido para algo, si habrá sido suficiente, y a lo lejos oigo las sirenas de la ambulancia a la que llamé. El agua gotea de mi cabeza. Mi mano encuentra la suya y dejo, por fin, que la oscuridad me consuma.

27

Stella

Noto algo que me pica en el brazo.

Abro los ojos, noto que todo me da vueltas al recuperar la visión y que hay luces brillantes sobre mi cabeza. Pero no son las luces de Navidad que envolvían de manera maravillosa los árboles del parque. Son las fluorescentes del hospital.

Ahora, unas caras tapan la luz.

Mi mamá.

Mi papá.

Me incorporo, retiro las sábanas, volteo la cabeza y veo a Barb. Está al lado de la enfermera de guardia, que me extrae sangre del brazo.

Intento apartar las manos de la enfermera, levantarme, pero estoy demasiado débil.

Will.

¿Dónde está Will?

—Stella, tranquilízate —dice una voz. La doctora Hamid se inclina sobre mí—. Los pulmones nuevos…

Me arranco la mascarilla de oxígeno, buscando a Will. La doctora Hamid intenta colocarla de nuevo sobre mi cara, pero yo me escabullo de su alcance.

—¡No, no los quiero!

Mi papá me sujeta, intentando calmarme.

—Stella, tranquilízate.

—Cariño, por favor —dice mi mamá, dándome la mano.

—¿Dónde está Will? —gimo, pero no lo veo por ninguna parte. Echo otro vistazo. Mi cuerpo débil cede y caigo de nuevo sobre la camilla.

Todavía veo su cuerpo encorvado sobre el mío, después de darme todo el aire que tenía.

—Stella —dice una voz débil—. Estoy aquí.

Will.

Está vivo.

Volteo y nuestros ojos se encuentran.

Apenas nos separan diez pies de distancia, pero lo siento más lejos que nunca. Quiero darle la mano, tocarlo. Asegurarme de que está bien.

—Acepta los pulmones —susurra, mirándome como si fuera la única persona presente.

No. No puedo. Si acepto los pulmones, viviré casi una década más que él. Si acepto los pulmones, seré más peligrosa que nunca para él. No podremos vivir en el mismo código postal, y mucho menos estar en la misma habitación. ¿Y si me contagia la B. cepacia después de haber conseguido los pulmones sanos que todos los enfermos de FQ desean? No sería correcto. Sería devastador.

—Vas a aceptar los pulmones, Stella —dice mi mamá, sin dejar de apretarme el brazo.

Miro a mi papá, le doy la mano, desesperada.

—¿Sabes cuántas cosas voy a perder por la FQ? ¿Sabes lo que he perdido ya? Esos pulmones no lo van a cambiar. Estoy cansada. Estoy cansada de luchar contra mí misma.

Todos están en silencio.

—Pero no quiero perder a Will —digo, muy en serio—. Lo quiero, papá.

Miro a mi papá y a mi mamá, y luego a Barb y a la doctora Hamid. Quiero que me comprendan.

—Acéptalos. Por favor —dice Will, e intenta levantarse de debajo de la manta de urgencias. Tiene la piel del pecho, del estómago y del abdomen de un color azul pálido. Sus brazos ceden a la presión de Julie y de una mujer que tiene los mismos ojos que él.

—Si lo hago, para nosotros no cambiará nada, Will. Será todavía peor —digo, consciente de que los nuevos pulmones no me librarán de la fibrosis quística.

—Paso a paso —responde él, aguantándome la mirada—. Ésta es tu oportunidad. Y es lo que los dos queremos. No pienses en lo que has perdido. Piensa en lo mucho que tienes por ganar, Stella.

Recuerdo el abrazo de Abby cuando estábamos en el estanque y me apretó contra su cuerpo. Oigo su voz en mi oído, diciendo las mismas palabras que Will está diciendo ahora.

Vive, Stella.

Respiro y noto el esfuerzo por tomar aire que sufro todos los días. Cuando estaba con Abby dije que quería vivir. Luego ya me preocuparé por cómo he de hacerlo.

—De acuerdo —digo, asintiendo a la doctora Hamid, y la decisión está tomada.

Will me mira aliviado y alarga el brazo para colocar la mano sobre el carrito de medicinas que se encuentra entre nuestras dos camillas. Yo pongo la mano en el otro lado. El acero inoxidable nos separa, pero da igual.

Su mano sigue tocando el carrito cuando me sacan rodando de la habitación. Hacia unos nuevos pulmones. Hacia un nuevo principio.

Pero lejos de él.

Oigo detrás de mí los pasos de mis papás, los de Barb y los de la doctora Hamid, pero vuelvo la cabeza para ver a Will una vez más, y sus ojos se encuentran con los míos. Y en esa mirada lo veo a él cuando nos encontramos por primera vez en el pasillo, pasándose los dedos por el pelo. Lo veo sujetando el extremo opuesto del taco de billar mientras paseábamos por el hospital, cuando me comprometí a estar presente en el siguiente cumpleaños. Lo veo nadar en la piscina, con la luz bailando en sus ojos. Y lo veo al otro extremo de la mesa el día de su fiesta, partiéndose de risa hasta llorar.

Veo el modo en que me miraba cuando me dijo que me quería, apenas hace unas horas, en el estanque helado.

Veo sus deseos de besarme.

Y ahora sonríe con la misma sonrisa asimétrica del día en que nos conocimos, y la luz ya familiar le llena los ojos, hasta que desaparece de mi vista. Pero sigo oyendo su voz. Sigo oyendo la voz de Abby.

Vive, Stella.

28

Will

Me desplomo sobre la camilla. Estoy débil y me duele todo el cuerpo. Le van a poner unos pulmones nuevos. Stella va a tener pulmones nuevos. A pesar del dolor, mi corazón retumba de felicidad. La mano de mi mamá me agarra el brazo con suavidad mientras Julie me pone la mascarilla de oxígeno.

Y entonces me acuerdo.

No.

Me levanto como un rayo, y el pecho me quema al gritar:

—¡Doctora Hamid!

Ella voltea a verme desde el otro extremo del pasillo y hace una seña a Barb para que la acompañe, mientras la enfermera de guardia se aleja con Stella en dirección al quirófano. Las miro y luego me miro las manos.

—Le di respiración de boca a boca.

La sala se sume en un silencio absoluto, mientras todos procesan lo que eso significa. Es probable que haya contraído la B. cepacia. Y será culpa mía.

—No respiraba —digo, tragando saliva—. Tuve que hacerlo. Lo siento mucho.

Miro a Barb, luego a la doctora Hamid.

—Hiciste bien, Will —dice ella, reconfortándome—. Le salvaste la vida. Y si contrajo la B. cepacia, la trataremos en consecuencia.

La doctora mira a Barb, luego a Julie y por último a mí.

—Pero si no usamos ahora esos pulmones, los vamos a desperdiciar. Seguiremos adelante con la operación.

Salen de la habitación y yo me hundo lentamente en la camilla. El peso de todo lo que ha sucedido cae sobre mi cuerpo como una losa. El agotamiento me invade. Tiemblo y las costillas me duelen de frío. Miro a mi mamá a los ojos, cuando Julie vuelve a ponerme la mascarilla sobre la boca, y observo cómo tiende la mano para acariciarme suavemente el pelo como solía hacer cuando era pequeño.

Cierro los ojos, respiro y dejo que el dolor y el frío den paso al sueño.

Consulto el reloj. Cuatro horas. Hace cuatro horas que se la llevaron.

Sentado en la sala de espera, muevo la pierna nervioso y miro ansioso la nieve al otro lado de la ventana. Sin querer, tiemblo al revivir el impacto del agua helada hace apenas unas horas. Mi mamá intentó que volviera a mi habitación, que me tapara con más capas, pero quiero estar aquí. Necesito estar aquí. Lo más cerca de Stella que sea posible.

Aparto la mirada de la ventana, oigo pasos que se acercan cada vez más. Es la mamá de Stella, que se sienta en una silla, con una taza de café entre las manos.

—Gracias —dice por fin, mirándome a los ojos—. Por salvarle la vida.

Asiento, me ajusto el catéter y el oxígeno silba audiblemente.

—No respiraba. Cualquiera hubiera…

—Me refiero a los pulmones —dice ella, mirando por la ventana—. Su papá y yo no hubiéramos podido… —no termina la frase pero sé a qué se refiere. Sacude la cabeza y mira el reloj que hay encima de las puertas del quirófano—. Sólo faltan unas horas.

Sonrío.

—No se preocupe. En menos que canta un gallo estará escribiendo su propio "Plan de Recuperación de Trasplante de Pulmón en Ocho Pasos".

Ella ríe. Ahora estamos más cómodos, y permanecemos en silencio hasta que ella se va a comer.

Me quedo solo, todavía nervioso, y vacilo entre enviar mensajes a Jason y a Hope y mirar a la pared, con las imágenes de Stella rondándome por la cabeza, distintos momentos de las últimas semanas.

Quiero dibujarlo todo.

El día en que nos conocimos, Stella con su traje de protección improvisado, la cena de cumpleaños. Cada recuerdo es más precioso que el anterior.

Se abren las puertas del elevador, y Barb aparece cargada con mis utensilios de dibujo. Parece que me hubiera leído el pensamiento.

—Mirar a la pared se vuelve un poco aburrido, al cabo de un rato —dice, y me entrega el material.

Me río. Tiene toda la razón.

—¿Alguna noticia? —pregunto, ansioso por saber cómo va la operación. Y lo más importante, los resultados del cultivo. Necesito saber que no contagié a Stella la B. cepacia. Que los pulmones van a darle el tiempo que desea.

Barb niega con la cabeza.

—Nada, todavía —echa un vistazo a las puertas del quirófano y respira hondo—. Te lo diré en cuanto me entere de algo.

Abro la primera página en blanco del cuaderno y empiezo a dibujar. Los recuerdos cobran vida ante mis ojos. Por fin llega el mediodía, y los papás de Stella regresan con Camila y Mya pisándoles los talones, todos cargados con recipientes de comida de la cafetería.

—¡Will! —exclama Mya, que corre a abrazarme con un solo brazo, para no tirar la comida. Intento no retorcerme de dolor, ya que mi cuerpo sigue débil por lo que pasó anoche.

—Como no sabíamos qué querías, te trajimos un bocadillo —dice Camila mientras todos se sientan a mi lado, y la mamá de Stella abre el bolso y saca un sándwich de pan francés.

Sonrío agradecido, y mi estómago me acompaña con sus gruñidos.

—Gracias.

Alzando la vista desde el dibujo, los observo a todos mientras comen, hablando de lo que hará ahora Stella, y sus palabras rebosan de amor por ella. Es el pegamento que los mantiene a todos unidos. A sus papás. A Camila y Mya. Todos la necesitan.

Sigo dibujando, llenando las páginas con nuevas imágenes de nuestra historia.

Las horas van pasando, Camila y Mya se van, Barb y Julie vienen y van, pero yo sigo dibujando, quiero que cada pequeño detalle quede grabado para siempre. La mamá de Stella duerme contra el pecho del papá, él la abraza protectoramente y sus ojos también se van cerrando.

Sonrío. Parece que Stella no es la única que va a tener hoy una segunda oportunidad.

Las puertas de cirugía se abren de par en par y la doctora Hamid aparece con un pequeño séquito de cirujanos.

Abro los ojos como platos y despierto a los papás de Stella de un codazo; todos nos levantamos, observando sus rostros con ansiedad. ¿Salió bien? ¿Se encuentra bien?

La doctora Hamid se baja la mascarilla quirúrgica, sonríe y los tres suspiramos de alivio.

—Tiene un aspecto estupendo —dice uno de los cirujanos.

—¡Ay, gracias a Dios!

La mamá de Stella abraza con fuerza a su papá. Me río con ellos, estamos todos eufóricos. Stella lo consiguió.

Stella tiene pulmones nuevos.

Me hundo en la cama, absolutamente exhausto pero más feliz que nunca. Mi mamá está sentada en una silla, al lado de la cama.

—¿Vas bien abrigado? —me pregunta por un millonésima vez desde que volvió al hospital. Observo las dos capas de pants y las tres capas de camisetas que me puse para apaciguarla, y una sonrisa aparece en mi rostro.

—Estoy prácticamente sudando.

Jalo el cuello de la gorra de la sudadera.

Tocan a la puerta y Barb asoma la cabeza. Nuestras miradas se encuentran y ella levanta una hoja con los resultados de las pruebas. Me quedo paralizado; su expresión no revela nada de lo que estoy a punto de oír.

Hace una pausa, se apoya contra la pared y estudia el documento.

—Los cultivos de bacterias tardarán unos días en crecer, y todavía hay posibilidades de que le crezca en el esputo. Pero de momento… —me sonríe y sacude la cabeza—. Está limpia. No se contagió. No sé cómo demonios lo hizo, pero no se contagió.

Dios mío.

Por el momento, está libre de la B. cepacia.

Y por el momento, eso es suficiente.

—¿Y Will? —pregunta mi mamá, a mis espaldas—. ¿El Cevaflomalin?

Miro a Barb a los ojos, y ambos nos entendemos. Traga saliva y vuelve a mirar los documentos que lleva en la mano, los resultados de una prueba de la cual yo ya conozco el resultado.

—No está funcionando, ¿verdad? —pregunto.

Ella suelta un largo suspiro y niega con la cabeza.

—No. No funciona.

Mierda.

Intento no mirar a mi mamá, pero noto la angustia que la invade. La tristeza. Le doy la mano, la aprieto con suavidad. Por primera vez, creo que estoy tan decepcionado como ella.

Miro a Barb, lleno de remordimiento.

—Siento todo lo que pasó.

Ella sacude la cabeza y suspira.

—No, cariño… —se interrumpe, se encoge de hombros y me sonríe ligeramente—. El amor es el amor.

Barb sale de la habitación y yo sujeto la mano de mi mamá mientras ella llora, consciente de que hizo todo lo que pudo. La culpa no es de nadie.

Por fin se queda dormida, y yo me siento en la silla junto a la ventana y observo el sol que se pone lentamente por el horizonte. Las luces del parque que Stella nunca llegó a ver se encienden para certificar el final del día.

Me despierto en plena noche, inquieto. Me pongo los zapatos, salgo sigilosamente de la habitación y me dirijo a la primera planta, a la sala de recuperación donde duerme Stella. La observo desde la puerta abierta, veo el cuerpo pequeño conectado a grandes máquinas que respiran por ella.

Lo consiguió.

Inhalo, dejo que el aire me llene los pulmones del mejor modo posible, el malestar me tira del pecho, pero también siento un gran alivio.

Me alivia que Stella vaya a despertarse dentro de unas horas y pueda contar por lo menos con cinco años maravillosos, muy ocupada con lo que haya escrito en su lista de asuntos pendientes. Y tal vez, cuando se sienta con fuerzas y valentía, que haga también cosas que no están escritas, como ir a ver las luces de Navidad a la una de la madrugada.

Cuando exhalo, sin embargo, siento algo distinto. La necesidad de que todos esos años estén libres de riesgos.

Aprieto la mandíbula, y aunque en lo más profundo de mi ser lucho por evitarlo, sé perfectamente lo que tengo que hacer.

Reuní a un pequeño ejército en mi habitación. Barb, Julie, Jason, Hope, Mya, Camila, los papás de Stella. Es el grupo más heterogéneo que he visto. Todos miran las cajas que dispuse sobre la cama, cada uno de ellos tiene un papel diferente pero importante. Sostengo el dibujo y muestro el intrincado plan que tracé esta mañana, con los detalles perfectamente pensados para que coincidan con una persona y una tarea distintas.

Stella estaría orgullosa de mí.

Oigo la voz fuerte y resoluta de mi mamá en el pasillo, cumpliendo con su cometido.

Sólo de recordar que a veces usa ese tono conmigo, me pongo a temblar.

—Bien —digo, dirigiéndome a todos ellos—. Tenemos que hacerlo juntos.

Observo a Hope, que se limpia una lágrima mientras Jason la abraza. Miro a Julie, a Camila, a Mya, a los papás de Stella.

—¿Todo el mundo está de acuerdo?

Julie asiente de manera entusiasta, y se produce un coro de adhesiones. Todos nos quedamos mirando a Barb, que guarda silencio.

—¡Claro que sí, caramba! Estoy de acuerdo. Totalmente de acuerdo —dice, sonriendo, y por primera vez en la historia estamos de acuerdo en algo.

—¿Cuánto tiempo pasará sedada Stella? —le pregunto.

Consulta su reloj.

—Seguramente unas cuantas horas más —estudia todas las cajas, la lista de cada una de las tareas—. Tenemos tiempo de sobra.

Perfecto.

Empiezo a entregar las cajas, emparejando a cada persona con su tarea.

—Muy bien, Camila y Mya —digo, dándoles la lista de tareas y la caja conjunta—. Ustedes dos trabajarán con Jason y Hope en...

Mi mamá termina la conversación telefónica y asoma la cabeza por la puerta.

—Ya está. Dijeron que sí.

¡SÍ! Sabía que lo conseguiría. Sacudo la cabeza.

—A veces das mucho miedo, ¿lo sabías?

Ella me sonríe.

—He practicado mucho.

Entrego el resto de las cajas, y todos salen al pasillo para empezar a prepararlo todo. Mi mamá se queda un rato más en el umbral de la puerta.

—¿Necesitas algo?

Niego con la cabeza.

—Ahora salgo. Antes tengo que hacer una última cosa.

Se cierra la puerta y volteo hacia el escritorio, me pongo los guantes de látex y saco los lápices de colores. Estoy concentrado en un dibujo. Un dibujo de Stella, girando sobre sí misma en el estanque helado, momentos antes de decirle que la quería.

Intento captar cada uno de los detalles. La luz de la luna iluminándole la cara. El pelo revoloteando al girar. La pura alegría que le llena cada rasgo.

Las lágrimas me inundan los ojos al mirar el dibujo, y me las seco con el brazo, consciente de que, por primera vez, estoy haciendo lo correcto.

De nuevo junto a Stella, observo cómo su pecho vendado sube y baja acompasadamente. Parece que los pulmones nuevos funcionan a la perfección. El panda de peluche, ya seco, está sano y salvo bajo su brazo, y en su cara dormida reina la paz.

La quiero.

Me he pasado la vida buscando algo. Buscando, desde cada azotea, algo que me diera un objetivo.

Y ahora, por fin, lo encontré.

—Parece que se está despertando —dice su papá.

Veo que su mamá atraviesa la habitación, con los ojos llenos de lágrimas al mirarme.

—Gracias, Will.

Asiento y, con la mano enguantada, saco un paquete envuelto.

—Dele esto cuando se despierte.

Su mamá lo toma y me sonríe con tristeza.

Miro a Stella una vez más, al tiempo que sus párpados empiezan a moverse. Quiero quedarme. Quiero quedarme en esa puerta, a su lado. Aunque sea a cinco pies de distancia.

A seis pies, incluso.

Pero exactamente por esa misma razón, suelto el aire y, con un esfuerzo sobrehumano, doy media vuelta y me alejo.

29

Stella

Abro los ojos.

Miro al techo y todo se va enfocando, con el dolor de la cirugía propagándose por todo mi cuerpo.

Will.

Intento mirar a mi alrededor, pero estoy demasiado débil. Hay gente, pero no veo a Will. Intento hablar pero no puedo, por culpa del ventilador.

Mis ojos se posan sobre el rostro de mi mamá y ella me enseña un paquete.

—¿Cariño? —susurra, entregándomelo—. Esto es para ti.

¿Un regalo? Qué raro.

Intento abrir la envoltura, pero no tengo fuerzas. Ella se inclina para ayudarme y saca un cuaderno de dibujo negro, con unas letras en la parte frontal: "A CINCO PIES DE DISTANCIA".

Es de Will.

Hojeo las páginas, miro los dibujos, nuestra historia, los colores que se abalanzan hacia mí. Salgo yo con el panda en la mano, los dos juntos a ambos lados del taco de billar, sumergidos bajo el agua, en la mesa durante la fiesta de cumpleaños, yo misma dando vueltas por el estanque helado.

Y por fin, en la última página, él y yo. Mi pequeña mano dibujada sujeta un globo, reventado por la parte superior y cientos de estrellas salen de él, rodando por la página en dirección a Will.

Lleva en la mano un pergamino y una pluma, con las palabras "Lista Maestra de Will" escritas en el pergamino.

Y debajo, un solo apartado.

"Núm. 1: Amar a Stella para siempre."

Sonrío y miro a las caras de quienes están en la habitación. Si es así, ¿por qué no está aquí?

Julie se acerca y me coloca un iPad en el regazo. Frunzo el ceño, desconcertada.

Ella le da *play*.

—Mi preciosa y mandona Stella —dice Will, cuya cara aparece en la pantalla, con el pelo tan despeinado y encantador como siempre, y la sonrisa más asimétrica que nunca.

"Supongo que es cierto lo que dice tu libro, que el alma no entiende de tiempo. Estas últimas semanas vivirán para siempre en mí —respira profundo, sonríe con sus ojos azules—. Mi única pena es no haber podido ver tus luces.

De pronto se apagan todas las luces de la habitación. Veo a Julie de pie junto al interruptor.

Ahora el patio de detrás de la ventana se vuelve incandescente, el espacio entero se llena con las luces centelleantes de Navidad del parque, que giran alrededor de las farolas y de los árboles. Asombrada, veo cómo proyectan su resplandor sobre la habitación. Barb y Julie quitan el seguro de la cama y la empujan hasta la ventana para que pueda ver mejor el espectáculo.

Y ahí, al otro lado del cristal, bajo un toldo de luces maravillosas, está Will.

Abro los ojos de par en par al comprender lo que está pasando.

Se va. Will se va. Me agarro a las sábanas, presa de toda clase de dolor.

Él me sonríe, baja la vista y saca el celular. A mis espaldas, mi celular empieza a sonar. Julie me lo trae, lo pone en modo altavoz. Abro la boca para decirle que se quede, pero no puedo hablar.

El tubo del ventilador silba.

Con la mirada, le pido que no se vaya. Que lo necesito.

Él sonríe levemente, y las lágrimas le inundan los ojos azules.

—Por una vez te dejé sin habla —dice su voz, por el celular.

Levanta la mano y la coloca contra el cristal de la ventana. Yo levanto lentamente la mía, la coloco sobre la suya, y el cristal es lo último que nos separa.

Tengo ganas de gritar.

Quédate.

—En las películas, la gente suele decir "Tienes que amar a alguien para dejarlo ir" —sacude la cabeza, traga saliva, hace un esfuerzo por hablar—, siempre he pensado que era una tontería. Pero cuando vi que estabas a punto de morir…

Se interrumpe a media frase, y yo enrosco los dedos contra la ventana fría, querría romperla, pero sólo consigo golpearla.

—En ese momento sólo me importaba una cosa. Tu vida.

Él también aprieta con más fuerza, y su voz tiembla al continuar.

—Lo único que quiero es estar contigo. Pero necesito que estés a salvo. A salvo de mí.

Lucha por continuar, las lágrimas le bajan por el rostro.

—No quiero dejarte, pero te quiero demasiado para quedarme —se ríe a pesar de las lágrimas, sacude la cabeza—. Dios mío, las malditas películas tenían razón.

Inclina la cabeza contra la ventana, donde descansa mi mano. Lo siento al otro lado del cristal. Lo noto.

—Te querré siempre —dice, y levanta la mirada de modo que quedamos cara a cara, ambos sintiendo el mismo dolor en los ojos del otro. Mi corazón se rompe lentamente bajo la nueva cicatriz.

Mi aliento empaña el cristal, y una vez más levanto un dedo tembloroso para dibujar un corazón.

—¿Puedes cerrar los ojos, por favor? —pregunta, con la voz rota—. No podré irme si me miras.

Pero me niego. Me mira y ve el desafío de mis ojos. La seguridad de los suyos me toma por sorpresa.

—No te preocupes por mí —dice, sonriendo a través de las lágrimas—. Si mañana dejara de respirar, debes saber que no cambiaría nada.

Lo quiero. Y ahora está a punto de abandonar mi vida para siempre, para que yo tenga una vida por vivir.

—Por favor, cierra los ojos —suplica, con la mandíbula tensa—. Déjame ir.

Me tomo un instante para memorizar su cara, cada pulgada de ella, y por fin me obligo a cerrar los ojos al tiempo que los sollozos me sacuden el cuerpo, luchando contra el ventilador.

Se va.

Will se va.

Cuando abra los ojos ya no estará.

Lloro al notar cómo se aleja, más allá de los cinco pies de distancia que habíamos acordado. Que siempre hubo entre los dos.

Abro lentamente los ojos, una parte de mí espera que todavía esté al otro lado del cristal. Pero lo único que veo son las luces parpadeantes del patio y un coche en la lejanía, que desaparece en la noche.

Temblando, acerco las yemas de los dedos al cristal y toco el rastro de sus labios en la ventana. Su último beso.

OCHO MESES MÁS TARDE

30

Will

El altavoz de la terminal del aeropuerto cobra vida y una voz amortiguada se entremezcla con las conversaciones mañaneras y las ruedas de las maletas que emiten un ruido sordo sobre el piso de azulejo. Me quito un audífono para oír mejor la voz, inquieto de que hayan cambiado la puerta de abordar y tenga que cruzar todo el aeropuerto con mis pulmones de mierda.

Atención, por favor, pasajeros del vuelo 616 de Icelandair a Estocolmo…

Vuelvo a ponerme el audífono. No es mi vuelo. No voy a ir a Suecia hasta diciembre.

Instalado de nuevo en la silla, abro YouTube por un millonésima vez y, como de costumbre, busco el video más reciente de Stella. Si YouTube siguiera la pista de las vistas individuales, seguro que ya habrían mandado a la policía a mi casa, porque parezco un acosador. Pero me da igual, porque este video habla de nosotros. Cuando le doy *play*, ella cuenta nuestra historia.

—El tacto humano. Nuestra primera forma de comunicación —dice, con una voz alta y clara. Respira profundo, y puedo ver que sus nuevos pulmones funcionan de maravilla.

Ese aliento es mi parte favorita del video. No ha tenido que esforzarse. No ha silbado. Es perfecto y suave. Natural.

—Seguridad, comprensión, consuelo, todo en la suave caricia de un dedo o en el roce de unos labios en la mejilla —continúa, y yo levanto la mirada del iPad y miro el aeropuerto lleno de gente, las personas que vienen y van acarreando sus pesadas bolsas, pero aun así tiene razón. En los largos abrazos de la llegada, en las manos tranquilizadoras sobre los hombros en la línea de seguridad, en la pareja joven que se abraza mientras espera en la puerta, el tacto está por todas partes.

—Necesitamos el contacto del ser querido, casi tanto como el aire que respiramos. Nunca comprendí la importancia del tacto, de su tacto… hasta que no pude tenerlo.

La veo. A cinco pies de distancia, aquella noche en la piscina, o cuando caminamos para ver la luces navideñas, o la última noche al otro lado del cristal, siempre con el anhelo mutuo de cerrar el espacio.

Pongo el video en pausa sólo para mirarla.

La encuentro… mucho mejor que nunca la vi en persona. Sin oxígeno portátil. Sin ojeras.

Siempre me pareció guapa, pero ahora es libre. Está viva.

Todos los días me descubro deseando no haberme ido, reviviendo el momento en que me fui, las piernas pesadas como bloques de cemento, el imán que me atraía hacia la ventana. Creo que esa atracción y ese dolor siempre estarán presentes. Pero lo único que tengo que hacer es verla así para saber que ha merecido la pena.

En la pantalla aparece una notificación de su aplicación, avisándome que tome las medicinas de media mañana. Sonrío al ver el emoticono del frasco de pastillas danzante. Es como una Stella portátil que siempre llevo conmigo, que me mira por encima del hombro, que me recuerda que siga los tratamientos. Me recuerda la importancia de tener más tiempo.

—¿Preparado para el viaje, hermano? —dice Jason, dándome un codazo para avisarme que ya abrieron la puerta de embarque del vuelo a Brasil. Le dedico una gran sonrisa, me trago las medicinas sin agua y vuelvo a meter la cajita en la mochila, que cierro bien.

—Nací preparado.

Por fin voy a ver los lugares con los que siempre soñé.

Me haré una revisión en cada ciudad, ésa fue una de las tres condiciones que me puso mi mamá antes de dejarme ir. Las otras eran sencillas. Enviarle todas las fotos que pueda y llamarle por Skype los lunes por la noche, pase lo que pase. Aparte de esto, por fin podré vivir la vida como yo quiera. Y, por una vez, eso implica luchar a su lado.

Por fin llegamos a un acuerdo.

Me levanto, respiro profundo y me ajusto la correa del oxígeno portátil al hombro delgado. Pero el aliento se me interrumpe en la garganta. Porque, por encima de las conversaciones y del caos del aeropuerto, por encima del traqueteo de la mucosidad en mis pulmones, acabo de oír mi sonido favorito del mundo entero.

Acabo de oír su risa. Tintinea como si fueran campanas, y enseguida saco el iPad, pensando que dejé el video reproduciéndose en el bolsillo. Pero la pantalla está oscura, y el sonido no es amortiguado ni lejano.

Está apenas a unos pies de distancia.

Mis piernas saben que debo irme, abordar mi vuelo, seguir adelante. Pero mis ojos ya la están buscando. Tengo que asegurarme.

Tardo unos seis segundos en localizarla, y no me sorprende nada que, al hacerlo, ella ya me está mirando.

Stella siempre fue la primera en encontrarme.

31

Stella

—¿Qué pasó con la improvisación, Stella? De hacerlo al "estilo Abby" —me provoca Mya.

Levanto la vista de mi itinerario, y me río mientras lo doblo cuidadosamente y vuelvo a meterlo en el bolsillo trasero.

—Roma no se construyó en un día —sonrío a ella y a Camila, orgullosa de mi broma vaticana—. ¿Lo entienden? ¿Roma?

Camila se ríe y pone los ojos en blanco.

—Tienes pulmones nuevos, pero no un nuevo sentido del humor.

Respiro con fuerza al oír estas palabras, y mis pulmones se expanden y se contraen con facilidad. Sigue siendo tan maravilloso que apenas lo puedo creer. Estos ocho meses han sido agridulces, como mínimo. Los nuevos pulmones son geniales, el dolor físico de la operación dio paso gradualmente a una nueva vida. Mis papás vuelven a estar juntos, y todos empezamos por fin a curarnos. Como pasa con los pulmones, lo que se rompió no se ha arreglado. Las pérdidas de Abby y Poe son penas que no creo que vaya a superar plenamente nunca. Del mismo modo que, pase lo que pase, una parte de mí nunca podrá superar lo de Will. Y me parece bien.

El dolor me recuerda que ellos estuvieron aquí, que estoy viva.

Gracias a Will me queda mucha más vida por vivir. Me queda mucho más tiempo. Aparte de su amor, fue el mayor regalo que podría haber recibido. Y ahora me cuesta creer que estuviera a punto de no aceptarlo.

Contemplo los techos altos y los grandes ventanales del aeropuerto, la emoción recorre mis venas al dirigirnos a la puerta 17 para abordar nuestro vuelo a Roma. Un viaje largamente esperado. La ciudad del Vaticano y la capilla Sixtina y algunas de las muchas cosas que quiero hacer y ver. No las haré con Abby, y sin duda no tacharé esas tareas en la lista de Will, pero el simple hecho de hacerlas me acerca más a ellos.

Me doy cuenta, al caminar, de que soy yo quien marca el ritmo, mientras Camila y Mya me siguen un poco más atrás. Hace unos meses, esta caminata me hubiera hecho desfallecer, pero ahora tengo la sensación de que podría seguir indefinidamente.

—¡Atención, foto! —dice Mya al encontrar la puerta, y levanta el celular y todas nos apretujamos y sonreímos a la cámara.

Después del flash, nos separamos y miro el celular para ver una foto de mis papás desayunando, con los huevos y el tocino dibujando una cara triste y el texto: ¡YA TE EXTRAÑA-MOS, STELL! ¡Manda fotos!

Me río, y doy un codazo a Mya.

—Eh, no olvides enviársela a mis papás, no paran de pedirme fotos y…

Me interrumpo a media frase, al ver que tiene la boca abierta de asombro y que está mirando a Camila.

—¿Qué pasa? ¿Volví a poner ese gesto raro? —pregunta Camila, suspirando—. No sé por qué sonrío siempre así…

Mya levanta la mano para interrumpirla, y sus ojos indican con urgencia a un grupo de personas que esperan para abordar en otra puerta, y se concentran en algo que está a mis espaldas. Camila respira con fuerza.

Volteo, sigo su mirada, y el vello de la nuca se me eriza mientras paseo los ojos por la larga hilera de personas.

El corazón se me acelera al ver a Jason.

Y entonces lo sé. Sé que está ahí, antes incluso de verlo. Will.

Me quedo helada en mi lugar, y él levanta la vista y nuestros ojos se encuentran, y el color azul en el que tanto he soñado casi me hace caer de boca. Sigue estando enfermo, con el oxígeno portátil colgado al hombro, tiene el rostro delgado y cansado. Verlo así, notar que mis pulmones se vuelven a llenar cuando los suyos no pueden hacerlo, me causa un dolor casi físico.

Pero entonces su boca dibuja esa sonrisa asimétrica y el mundo se funde. Es Will. Es él. Está enfermo, pero está vivo. Los dos lo estamos.

Tomo aire profundamente, sin obstáculos, y me acerco a él, deteniéndome a seis pies exactos. Me mira con los ojos llenos de cariño. No llevo oxígeno portátil, ni un catéter en la nariz, ni me cuesta respirar.

Soy una Stella nueva.

En todo, menos en una cosa.

Le lanzo una sonrisa, avanzo y robo un paso más, hasta quedar a cinco pies de distancia.

NOTA DE LA AUTORA

El medicamento Cevaflomalin, en el ensayo clínico del cual participa Will, es una creación de la ficción. Esperamos que algún día se encuentre un tratamiento como éste.

AGRADECIMIENTOS

Rachael

En primer lugar y más importante, este libro es para los miles de individuos de todo el mundo que tienen fibrosis quística. Deseo de todo corazón que sirva para aumentar la conciencia sobre la FQ y ayude a todos a hacerlos oír.

Gracias a Mikki Daughtry y a Tobias Iaconis por confiarme su maravilloso guion y la historia de Will y Stella. Ha sido un honor poder trabajar con ustedes.

Estoy extremadamente agradecida a Simon & Schuster por esta oportunidad, y a mi fantástica editora, Alexa Pastor, que es una persona absolutamente brillante en su trabajo.

Muchísimas gracias a mi agente, Rachel Ekstrom Courage, de Folio Literary Management, por toda su ayuda.

También a la más maravillosa de las mentoras, Siobhan Vivian.

A mi mejor amiga, Lianna Rana, al Grupo de Preguntas y Respuestas de los lunes formado por Larry Law, Alyssa Zolkiewicz, Kyle Richter y Kat Loh, y a Judy Derrick: tus muestras de apoyo y amor han sido abrumadoras. No hubiera podido hacerlo sin ti.

Muchas gracias a mi mamá, que ha creído en mí desde el día en que nací. Tú redefines lo que significa ser mamá soltera, y te estaré eternamente agradecida por tu fortaleza y valentía a lo largo de los años.

Y por fin, a mi amor, Alyson Derrick. Gracias, gracias, gracias por ser exactamente como eres. Eres la luz en ti misma.

Mikki & Tobias

Esta historia está dedicada a Claire Wineland y todos los pacientes de FQ que siguen luchando valientemente en su batalla contra la fibrosis quística. El valor y la perseverancia de Claire ante la enfermedad debería ser una lección para todos nosotros. Sólo la conocimos durante un breve periodo, pero su influencia en nuestras vidas permanecerá hasta el final de nuestros días. Sus contribuciones a esta historia fueron inmensas. Sus contribuciones a la historia de la humanidad fueron, y siempre lo serán, infinitas.

A Justin Baldoni, que nunca acepta un "no" por respuesta. La dedicación, la energía y la compasión de Justin nos han inspirado en todos los sentidos. Su férrea visión sobre el proyecto nos ha enseñado que con talento, concentración y ambición pueden suceder grandes cosas. Le damos las gracias desde lo más profundo de nuestros corazones.

A Cathy Schulman, cuya disponibilidad las veinticuatro horas del día no fue nunca más necesaria que a las tres de la madrugada. Los conocimientos, experiencia y sabiduría creativa de Cathy mejoraron cada página y cada escena. Fue un honor y una alegría verla trabajar. Y nos dejó abrazar su Óscar. ¡ESO sí que fue emocionante!

A Terry Press, Mark Ross, Sean Ursani y todo el equipo de CBS Films. Nos consideramos muy afortunados de habernos dejado guiar en cada uno de los recodos. Nada de esto hubiera sido posible sin su fe en el proyecto. Tuvimos la oportunidad de trabajar con un equipo soñado y cada día nos sentimos increíblemente dichosos.

Y a Rachael Lippincott, cuyos hercúleos esfuerzos por novelar esta historia fueron asombrosos de presenciar y todavía más asombrosos de leer. ¡Gracias, gracias, gracias!

Sin los esfuerzos incansables de todos los implicados, no habría guion. No habría película. No habría libro. Por todo ello, nos sentimos eternamente agradecidos.